後宮一番の悪女　三

柚原テイル

富士見L文庫

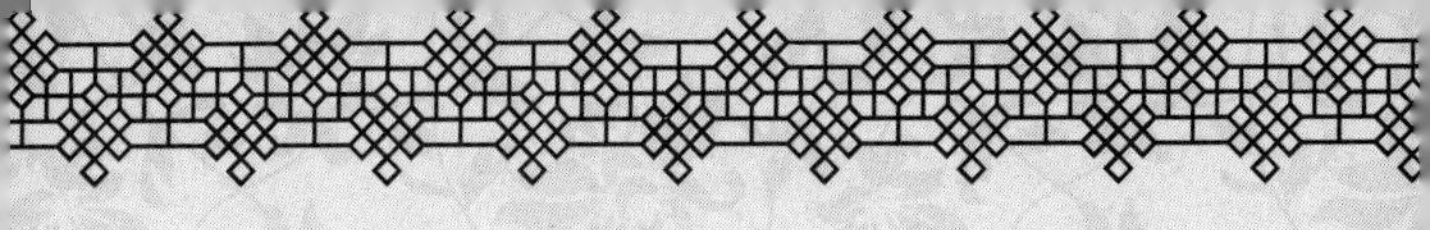

もくじ

登場人物

皐琳麗【こうりんれい】
悪女と名高い賢妃。
化粧を愛してやまない。

嘉邵武【かしょうぶ】
皇帝。清廉潔白な
美男子だが女性が苦手。

瑛雪【えいせつ】
琳麗の侍女。琳麗にとって
姉のような存在。

玉樹【ぎょくじゅ】
美貌の宦官。
邵武の右腕と言われている。

蓉羅【ようら】
皇太后で邵武の母。
めったに姿を現さない。

蝶花【ちょうか】
淑妃となった琳麗の友人。
翠葉宮(りょくようきゅう)に住む。

風蓮【ふうれん】
琳麗の取り巻きで昭媛(しょうえん)。
あどけなく幼い。

梓蘭【しらん】
新たに徳妃(とくひ)となる。
邵武の知己の美女。

麟遊【りんゆう】
邵武の従兄弟。
〝皇帝の懐刀〟と呼ばれる。

歌梨【かりん】
麟遊の妹。
可憐で容姿端麗。

プロローグ　その妃は籠の中の小鳥にあらず

後宮はまるで巨大な鳥籠のよう。

豪奢な襦裙をまとった琳麗は、小さなため息をついて朱花宮の格子窓から中庭を眺める。

ここから出たいと願い、扉が開け放たれた好機があった。

市井に戻り化粧箱の開発販売に打ち込みたい琳麗には好都合のはずだったのに、なぜだか気持ちが動き、残ってしまった。

永寧宮と名付けられたこの後宮ではもめ事も多かったが、今は後宮一番の悪女として、ある程度、掌握しているので大変心地好い。

それは琳麗が皇帝や皇太后に餌をちらつかされ、不覚にも後宮争いを勝ち抜いてしまった結果であった。

「油断してはいけなかったわ……あら、ふかふかの布団に極上の粟粒、宝物の乳鉢に御用達の看板！　もう少し見ていたい皇帝のお顔……なーんて」

演技めいた調子で、籠の中の愚かしい小鳥の気持ちになって詠う。

化粧をした琳麗の長い睫毛が、やれやれと伏せられて肌に美しい影を落とす。三日月の唇の両端が、ふっと自嘲するように吊り上がる。

「まごまごしているうちに、パタンと戸が閉まって――また逃げられない」

皐琳麗は最上級妃である四夫人のうち一人の賢妃である。

一章　客人は悪女を妻に求める

琳麗が自ら考案した三段重ねの化粧箱に皇太后の御用達を貰ってから、およそ一ヶ月後のこと――。

曄燎国の後宮である永寧宮では、昼間の宴が催されていた。

三方を覆う真っ白な側面幕の前には多数の卓が置かれ、妃嬪達が左右へと並ぶ。

一方、天井には幕が張られていない。

代わりに空へと向かって伸びる無数の枝とそこに咲く小さく愛らしい、白、薄紅、濃紅色の花が覆い尽くしていた。

立春が過ぎ、梅が散り終えた頃、宴の主役は桃となる。

他の花と違い、主張は少ない。微かに柔らかな甘い香りが辺りに優しく漂う。

用意された席の中でも、皇帝に近い位置にいる琳麗は、艶やかな紫の襦裙に身を包んでいた。

梳き下ろした黒い髪の上部には、艶やかな花飾りが咲いている。金色の帯に青い宝石粒による細い帯紐(おびひも)を重ねて、とっておきの華やかな装いであった。

　愛用の化粧品も下地から時間をかけて肌に重ねて、唇には艶やかな紅を自ら引き、妖艶な笑みを作る。

　後宮の宴に賢妃(けんひ)が装わないわけにはいかない。それが皇帝を喜ばせるか否かはさておき、妃嬪にとっては大勝負の催しなのであった。

　しかし、今日の宴を琳麗は猜疑(さいぎ)のまなざしで見ていた。

（なんだか、胡散臭(うさんくさ)いのよね）

　後宮において宴は珍しいことではないが、いつもと違うのは出席するのが皇帝と皇太后だけではなく、客人が来るとの知らせがあったのだ。

　しかも、その後宮でもてなしを受ける者は男だという。

　後宮に入れる男性といえば、皇帝の親族しかいない。

　皇帝である邵武(しょうぶ)は黙っていればまずまずの男ぶりなので、その血縁者であるならば眉目秀麗に違いない。

　妃嬪達は客人の話題でもちきりであった。

　琳麗としてはこれ以上ややこしい事態はいらない。けれど、友人である妃嬪達がはしゃいでいるのを見ると水を差す気にはならない。

とりまく彼女達への可愛さが増すだけだ。

「どんなお方ですかね」

「美姫だらけで目が眩み開けられませぬ、だったりして？」

琳麗の右と左から弾んだ声が聞こえてくる。

右には昭媛の位である風蓮が、高い位置で二つに分けて結った髪に黄色い花の簪を挿し、玉飾りを揺らしていた。

襦裙も橙色に黄色の鮮やかな色で、十五歳という若さの風蓮によく似合っている。

くりくりと大きな瞳に薔薇色の頬は、素顔のように見えて丁寧に化粧されていた。

風蓮の化粧の腕の上達ぶりには琳麗も驚くほどで、ふっくらとした桃色の唇もよく見ると艶の一つまで計算されつくしたさりげない美しさがある。

一方の左から顔を出しているのは蝶花で、十七歳という若さで、琳麗と同じ四夫人の淑妃に抜擢された妃嬪だ。

こちらは赤に桃色の透ける布を合わせた襦裙で、牡丹の刺繍が美しい。

高い位置で結い、毛先を広げて梳き下ろした自信に満ちた髪形がよく似合っていた。

蝶花のばっちりと施した化粧は、目尻に濃い色を入れているところが琳麗と揃いである。

そう、この二人は後宮内で親交を深めた友人で、化粧好きの同士でもあった。

悪女的な言い方をすれば取り巻きだが、それは後宮では悪い意味ではなく、心強い味方を示す。

琳麗にとっては、可愛い可愛い、妹分でしかない。

「後宮の妃嬪はすべて皇帝陛下のものです。他の殿方にはしゃいではいけませんよ」

とりあえずの嗜み(たしな)として琳麗は口にするも、頭の中に皇帝である邵武のことを思い浮かべると、仕方がないという気がしてしまう。

邵武は、実のところ着飾った女性や化粧の濃い女性が苦手である。幼少時に後宮候補の女性に囲まれた心の傷のせいらしいが、化粧を愛する琳麗とは相容(あいい)れない。

それどころか、美しくあろうとする妃嬪全員と相反してしまうのではないだろうか。

(同情はするけれど、共感はできないわ)

まだ宴の席に姿が見えない邵武のことを考えていると、視界に青緑の衣が揺れて、琳麗は風蓮や蝶花と共に深く礼をした。

衣擦れ(きぬず)の音をたっぷりとさせて入ってきたのは、皇帝の母である皇太后の蓉羅(ようら)である。

彫りの深い顔で迫力美人な蓉羅を、琳麗は慕っていた。

策略家なところは邵武と似ていて心を許しきれないが、化粧箱に皇太后御用達の看板までくれた気前の良(い)いお方である。

「楽にせよ」

彼女が席に着いたところで、よく通る声がして、琳麗はゆっくりと顔を上げた。すると、蓉羅とばっちりと目が合ってしまう。そして、手招きをされた。

「えっ？　私でしょうか」

呼ばれるような事をした覚えが、過去はどうあれ、今はない。

見えない糸に操られるかのように、琳麗は進み出た。しかし、それでも彼女は手招きをやめない。首を傾げ、後ろを見やる。

「わたくしもですか？」

蓉羅が呼んでいたのは琳麗だけでなく、蝶花もらしい。

困惑しながら、二人で蓉羅の前に並び、膝を折る。

「お呼びでしょうか」

そこへさらに徳妃の位にある梓蘭が加わった。

彼女は爽やかな水色の襦裙に豊満な体を包んでいて、相変わらず色気がありながら、母性溢れる美人だ。普通の男性ならば、その美しさにすぐ落ちてしまうだろう。

皇帝が普通ではないのが、彼女の不運である。

ちなみに梓蘭は琳麗達の中ではきちんと邵武を敬っていて、模範的な行動ができる、数少ない良識のある二十七歳の妃嬪だ。

「揃ったな」

賢妃の琳麗、これで空席である貴妃(きひ)を除けば、妃嬪の最上位である四夫人が集まったことになる。

三人とも緊張した面持ちで、蓉羅の次の言葉をじっと待っていた。

「そう緊張するな。なに、悪い話ではない。それに宴はかかわりない」

わざわざ皇帝が来るまでに四夫人を集めた上に、今回は珍しい男性の客人がいるのだから、宴に関しての注意点や問題があったのかと予想していたけれど、違うらしい。

安堵(あんど)するも、気は抜かない。

皇太后である蓉羅は、悪い人ではないけれど、策略家で、油断は禁物だ。

「そなたらの近頃の努力と、成果について褒めようと思うたまで」

その言葉で、琳麗は蓉羅が何のことを言おうとしているのか、大まか見当がついた。

琳麗が後宮に入ってから、多様な出来事があった中で、水面下でゆっくりと推し進めていたこと——後宮の稼ぎについてだろう。

邵武と蓉羅は、以前から後宮にかかる莫大(ばくだい)な費用を抑えたいと考えていた。

百を超える女性が皇帝一人の寵愛(ちょうあい)を受けるため、日々着飾り、競い合い、多くの物を浪費していく。

そこにお付きの宦官(かんがん)や侍女、さらに賄賂が横行すれば、予算は雪だるま式に増える。

売り手側、つまり商家としては喜ばしいことだけれど、皇帝側としては跡継ぎを産む重要な役目があるとはいえ、後宮はいささか金がかかりすぎるということになる。

妃嬪側に立ってみても、一人の男性を取り合うので不仲になりやすく、一生お手つきとならずに暮らす者もいるわけで、日々の目的意識も薄く、不健全だろう。

そこで琳麗が初めて邵武に呼ばれた際に提案したことが、数を減らすだけでなく、後宮も稼いではどうかということだった。

後宮は金食い虫だけれど、金になるものは幾つか持っている。

琳麗が目をつけたのは、妃嬪の教養だった。

様々な儀式を執(と)り行(おこ)なったり、皇族に接するために彼女達が身につけたりした知識や礼節は、市井でも必要とする者がいるし、裕福な家の嗜みにもなるだろう。

加えて、妃嬪達が競い合う道具として日々磨いていたり、趣味であったりする針、筆、楽、舞などは高級品を作りだせる。

さらに後宮内はすべてのことを妃嬪と侍女が取り仕切っているので、衣食住にかんすることも売り物とすることができるはずだ。

琳麗は時を掛け、それら妃嬪の能力を把握し、整理して書に羅列した。

今では各分野で上位の者が、才や興味のある者に教え、広げることまでしている。

ただ、事が大きくなってきたところで、琳麗は後宮内の取りまとめに徹して、対外的なことを蓉羅に任せた。

商家である実家を使えば、後宮内で作った品を売りさばくことは可能ではあるけれど、自分の手には余る。大きな利権など、手にしたところで碌な事にならない。

けれど、皇太后の手の大きさならば十分に収まるはずだ。

「後宮で作った品はどれも人気となっておる。特に梓蘭の刺繍、蝶花の書、それに風蓮の画、これらは豪商が競って高値をつけた。しかも、次はいつかと催促をしてくるほどだ。皆の者、よくやった」

「ありがとうございます！」

蝶花が代表するように喜びの言葉を上げ、琳麗と梓蘭は恭しく頭を下げた。

水面下で進めていたことがやっと実を結んだのだ。

（あとで風蓮にも皇太后様のお褒めの言葉を伝えてあげないと）

きっと妃嬪の中でも若く、人一倍頑張り屋の彼女も喜びを表すだろう。

琳麗に近い人ほど、この後宮の品作りを熱心に率先して行動してくれた。特に蝶花、風蓮、梓蘭の三人には感謝しかない。

飛び跳ねて喜びそうな蝶花を親心で感慨深く見ていると、不意に蓉羅の視線を感じた。

「無論、それらを取り仕切った後宮の悪女も褒めて使わす」

「私は何も。すべては彼女達の頑張りによるものです」

ふっと悪い笑みを浮かべて、蓉羅は琳麗も褒めた。

同じような悪女の笑みで返す。

これ以上、目立ちたくはないけれど、嬉しさは隠せない。

（怖いぐらい、上手くいってる）

近頃はたいした事件もないし、敵対視してくる妃嬪もいないし、心穏やかだ。

後宮全体を見ても、良い品を作るという新たな目標が加わって、仲間意識が生まれ、前のようなぎすぎすした雰囲気はなくなり、ずっと暮らしやすくなった。

問題がないからしばらくは邵武に呼ばれてもいないし、初心に戻って、このまま一年やり過ごして、後宮から出てしまおう。

顔を下に向けて、こっそり企むように微笑む。

（いやいやいや、油断禁物！　こういう時に限って何かが――）

気を引き締め直そうと思ったところで、不意に周囲がざわつくのを感じ取った。

確認するまでもなく、邵武が到着したのだろう。

蓉羅の前にいた三人は素早く自らの席に戻って、皇帝を恭しく出迎えた。

「顔を上げよ。宴を始める前に皆へ紹介したい者がいる」

言われるがままに視線を上げると、妃嬪達が見渡せる中央奥、皇帝の席の前、邵武の一歩後ろに見知らぬ者が立っていた。

(二人?)

事前の話と違って、客人は複数いるようだ。

一人は男性で、精悍な顔立ちをしているが、黒曜石のような鋭い眼光や、筋肉質な肩や胸筋が鍛えている武人を思わせた。

やや長めの黒い髪は首の後ろで無造作に結ってあり、群青色の衣に象牙色の帯は、派手やかさは少ない衣装に感じた。

もう一人は若い女性で、水色から桃色へと色が移り変わるような襦裙に身を包んでいる。華やかさよりも清楚さや可憐さという印象を持つ。

二人が誰なのか、琳麗も含めた妃嬪達は興味津々にその様子をじっと窺う。

数十人の視線を集めているというのに、男の方は平然と妃嬪達を見回していた。

女性の方はというと、なぜか琳麗と目が合って、微笑んでいる。

その整った笑顔が何とも美しい。

自分に自信を持っているのだろう、堂々としていて、内から輝くような美人だ。

「俺の古い馴染みで、男は麟遊、女は歌梨といい、母上の兄、晏家の者だ」

簡潔にいえば、二人は邵武の従兄弟ということだ。

推測通り、皇族の一員で間違いなかった。

「晏家には北方の守りを任せているため、都蘭から離れていたが、休暇で一時こちらへ戻ってきたので、労ってやりたいと思い、連れてきた」

（あの人が……皇帝の懐刀）

晏家のことは、商家の娘として当然、琳麗も知っていた。

代々、皇帝の側近を務めるもので、武に優れる。特に晏麟遊といえば、若くして優秀な武官であり、邵武の幼馴染でもあることから皇帝の懐刀と言われるほど、全土に名が知れ渡っている。

そんな名家であり、強くて容姿端麗な男性に、後宮という場所柄、表だってはしないが、数人の妃嬪が無意識に熱い視線を送ってしまっていた。

無論、琳麗はまったく興味がない。どちらかといえば、美人な妹の方が気になる。

そして、二人がここにいる理由が気になる。

(優秀な武官が、なぜわざわざ後宮の中に?)

労いたいから宴に連れてきたということだけれど、単純にそのためだけとは思えない。宴なら後宮の外でも開ける。

(安全のため?)

そうだとすれば、邵武か麟遊のどちらかへの暗殺の可能性を示唆しているわけで、何かしら裏がありそうな気がした。

「では、宴を始めるとしよう」

邵武の言葉で笛の音が鳴り、侍女が一斉に膳と酒を運んでくる。

麟遊は邵武の左手側の列の一番前、妹の歌梨はその横の席に腰掛けた。その隣は梓蘭、反対側の列には皇太后の蓉羅、蝶花、琳麗、風蓮の順で並んでいる。

「昔のように乾杯だ、邵武」

酒を注がれるなり、まだ酔ってはいないはずなのに大きな声を上げて杯を邵武の方へ突き上げた。

「他の者に示しがつかないから、陛下と呼べと何度も――」

「固い! 相変わらず固いぞ! ここはお前の家だろう? 家の主なんだろう? ならば、どんと構えていろ。周りなど気にせずに休め」

「皇帝という立場は……ふぅ、お前に何を言っても無駄か。後宮内だけだぞ。外では許さんからな」

しぶしぶ認めてしまうと、邵武も杯を突き上げる。二人同時に酒を飲み干した。

周りの宦官や侍女達が彼の無礼な様子に冷や冷やしていたけれど、どうやら邵武と麟遊は旧知の仲らしい。

その後も二人は競うように杯を呷っていく。

「まったく、相変わらず歯に衣着せぬ実直な甥のままかい」

「叔母上、それは褒めていらっしゃるのですよね？」

皇太后にも臆することなく、麟遊は返す。

親戚とはいえ、あの女傑の蓉羅相手に、なかなかできることではなくて感心してしまう。

「ただ、事実を見据え、嘆いているだけ。晏家の男子は暑苦しくて、涼やかさが足りぬ。のう、歌梨」

「はい。それこそ家に父と兄が一緒にいるとうるさくて敵いません。まるで戦場にいるかのように大声で言い合って。そういう時には私は外へ出てしまうことにしています」

「そうか、それが唯一の解決策だな」

その光景が浮かぶかのように、歌梨が眉を顰める。その様子に、蓉羅がわははと豪快に笑い声を上げた。

今の一連のやりとりで、周囲の緊張が解ける。

邵武も蓉羅も、麟遊の態度を嫌がってはおらず、むしろ好ましく思っているようだ。二人が心を許しているぐらいだから、彼は裏表のない、信頼できる男なのだろう。

そうなると、裏があるから後宮に親族を招き入れたっていう線は薄い。

くつろげるという理由で、宴の場に後宮を選んだ。ただ、それは邵武側の話で、麟遊は別の思惑があるかもしれない。

(それとなく、聞いてみようか)

裏表のない人間ならば、尋ねれば素直に答えることだろう。

何もない今だからこそ、後宮の穏やかさを乱すことには敏感になってしまう。

「瑛雪(えいせつ)、お酒を」

琳麗は侍女から銅の注器(つぎ)を受け取った。取っ手となる短い棒が左側に一本突き出ていて、本体は亀を象(かたど)った見事な意匠の酒器だ。

立ち上がると、歓談する邵武と麟遊にあくまでも控え目に近づいていく。

すると真っ先に邵武が気づいた。

「琳麗が自ら酌とは珍しいな」

こちらへ来いと上機嫌の邵武が手招きする。琳麗は頭を下げると、進み出た。

「おぉ、これはまた派手な美女だな」

宴用にいつもの悪女風化粧をしているのだけれど、麟遊はやけに好意的な視線を向けてくる。邵武と違って、ばっちり化粧をした女性が好みのようだ。

「酌をしてくれ」

麟遊が遠慮なくこちらへ杯をぐいっと突き出してくる。邵武が斜め横でむっとした表情をしたけれど、目が合うと頷（うなず）いた。

注いでもかまわないということらしい。

「賢妃の位を預かる琳麗と申します。お見知りおきを」

短く挨拶の言葉を述べると、亀の注器で麟遊の杯に酒をなみなみと注ぐ。

「四夫人の一人か。道理で誰より派手で、美しいわけだ」

琳麗が邵武にも酒を注いでいる間に、麟遊はもう飲み干してしまった。すぐにもう一杯と琳麗へ杯を向けてくる。

「お強いのですね」

「腕っ節と酒は負けたことがない。なあ？」

話を振られた邵武は、麟遊とは対照的に不機嫌そうだ。

「確かにこいつに酒と武力で勝る者はいないだろう」

皇帝にそうまで言わせるのだから、この優秀な武官の噂は本当らしい。

「物心ついた頃から剣や槍、矛を振るっていたからな。誰でも強くなる」

麟遊は謙遜したけれど、自らの生き方を誇っているのは顔に出ている。

「そのような方がなぜ戦場を離れて後宮へ？」

琳麗は単刀直入に尋ねた。

武人にも様々な種類がいるけれど、彼が要人の護衛を好むとは思えない。麟遊は戦場で暴れて、手柄を立てることに生きがいを感じる性格だろう。

だから、わざわざ休養を取って都に来ること自体に、何かしら意味がある気がした。

「初対面の俺のことをよくわかっているな。美しいだけでなく、賢いだなんて、さすが後宮の美姫。そう、俺は目的があってここへ来た」

麟遊が空になった杯を卓にダンと置く。

「今、後宮をわざと小さくしているのだろう？」

周囲にいた者が彼の発言にハッとする。

「それは近頃、後宮内で代替わりが重なり、妃嬪の数が減っているだけのことかと」

琳麗はあくまでも落ち着き払って、誤魔化した。

しかし、内心では焦りまくっていた。

（この男はいきなり何言ってくれるのよ！　これまでの頑張りが台無しになる！）

誰が麟遊に後宮縮小の話をしたのだろう。周囲の顔色を窺う。

珍しく蓉羅の視線がやや宙に泳いでいる。彼女は身内には甘いらしいので、そこからもれたのかもしれない。

「そうだ。別に縮小しようなどとは考えていない。偶然だ」

わざとらしく邵武も続く。

「わかった、わかった。そういうことにしておいてやる」

案の定、麟遊は信じていない。けれど、今は彼の話の続きが気になっていた。

「それで、結局のところ、麟遊様は何の目的でいらっしゃったのです？」

「俺の妻となる者を探すためだ！」

間髪を容れずに麟遊が答える。

「なっ!?」

邵武だけでなく、蓉羅も呆気にとられているところを見るに誰も知らなかったことらしい。麟遊の前代未聞の発言に驚いて、妃嬪達も目を丸くした。

皇帝から後宮の妃嬪が官吏に下賜される例は、稀だがある。

けれど、自ら後宮に入り、下賜される女性を品定めする臣下は、曄燎国の歴史上初めてのことではないだろうか。

豪快で、実直にもほどがある。

「才があり賢く強い、後宮一番の美姫がいい」

誰も好みなど聞いていないのに、麟遊が自ら付け加えると、周囲の女性をじっくりと観察し始める。

皇帝の許可が出ているのか、何らかの約束を交わしているのかはまだわからない。

妃嬪達としては喜ぶべきか、困り顔をするべきか、わからない状況なので一様に照れたような仕草で顔を背けた。

「何でも手に負えない悪女がいると聞いた。それぐらい気概のある女がいい」

麟遊がそう付け足すと、皆の視線が一斉に琳麗を見る。

(やめて、見ないで！　変なことに巻き込まないでよ)

もう遅い。けれど、心の中で嘆かずにいられない。

後宮にずっといるつもりはないけれど、将来有望な武官とはいえ、脳筋の妻になるつもりもない。そんなことになれば、穏やかで、化粧品のことだけを考えていられる日々はこないからだ。

　今は和やかになった後宮で、仲の良い妃嬪達と穏やかに暮らしていたい。

（無理、だろうな）

　これから起こるであろう波乱を琳麗は予感、いや確信していた。

「ほう、やはりお前が例の――」

「琳麗は駄目だ！」

　麟遊が市井で噂の後宮一番の悪女だと気づいて声を上げる。それに誰よりも早く反応したのは、邵武だった。

　皇帝が真っ先に琳麗を庇ったことに、周囲の反応は様々だったけれど、一様に驚いた。

　それは琳麗も同じだ。邵武は妃嬪に対してあまり優劣を表さない、というか女性に余り興味を示してこなかったからだ。

（もしかして、気に留められている？）

　共犯者として、色々と使えるから、かもしれない。

　けれど、賊の刃に塗られた毒に倒れた時は、自ら看病までしてくれたことがふっと思い出される。その後の邵武の態度があまりに素っ気なかったから、忘れていた。忘れるようにしていた。

　頬が熱くなるのを止められない。

「なぜ駄目なんだ？」

「い、いや……その……なんだ……」

麟遊に尋ねられ、ハッとした邵武が口ごもり、照れたような顔をする。

彼の次の言葉に、琳麗は思わず期待してしまう。

「いや、今はこうだが、こいつは普段ぼんやり顔だぞ。お前が後で後悔しないよう忠告しておこうと思ってな」

「化粧を取った女の顔のことを言っているのか？　ならば、心配無用だ。寝起きの歌梨の顔なら見慣れている。その落差といったら――うぐっ！」

麟遊が危うくすべての女性を敵に回すところだったのを、隣の歌梨が素早く脇を突き、涼やかな形相で止めた。

「化粧で美女らしいが、琳麗はとんだ悪女だぞ。金にはがめついし、悪知恵が働く。俺へも遠慮なく交渉を持ちかけ、気に入らないと悪態をすぐ……」

今度は前にいた琳麗が、眼光で邵武の言葉を止めた。

もしかして取られたくなかったなんて、一瞬でも思ってしまったのが恥ずかしい。

「お二人とも、ここがどのような場所か思い出し、女性の悪口は自重ください」

「琳麗、今のは言い過ぎた、すまない」

「悪い、悪い、つい、な」

邵武と麟遊はしまったという顔をして、謝罪の言葉を口にした。

皇帝と優秀な武官でなければ、後宮をすぐに追い出されてもおかしくない。後宮縮小の件もあって、きっと周りも怒っているはずだ。

「……？」

しかし、琳麗に近い妃嬪や蓉羅の反応は違った。

ニヤニヤとしていたり、呆れたりしているように見えて、誰も怒っていない。

一体どういうことだろう。

さすがに琳麗から遠い妃嬪達は「早めに身の振り方を考えないと」や「麟遊様に下賜もありかも」と口にする者や、知らされていなかった企てに腹を立てる者もいるようだ。

「気の強い女は好きだぞ。夫に従うだけの妻ではつまらん」

「とにかく、後で苦労するから琳麗だけはやめておけ」

「息子よ、止めるのは琳麗だけでよいのか？」

そんな中でまだ男二人は琳麗について揉めていた。しかも蓉羅がそこに油を注いでいる。

邵武の反応を楽しんでいるに違いない。

自分のいないところでやって欲しい。

げんなりしていると、じっと見られていることに気づく。

相手は、麟遊の妹の歌梨だ。

「貴女（あなた）様が本当に、噂の悪女さまなのですね！　あぁ、想像した通りのお顔、生き方も三段重ねの化粧箱も、全部好きです！　琳麗さま！」

目が合うなり、歌梨はぐっと琳麗の方へと身を乗り出し、告白してきた。

宴（うたげ）の席に邵武達が来た時から、ちらちら見られていたのは知っていたけれど、まさか自分に憧れていたとは思いもしなかった。

美人にぐいぐい来られてまんざらではないけれど、慣れていないので及び腰になる。

「これ、歌梨。琳麗を押し倒すつもりか？」

「はっ！　失礼しました。夢にまで見た琳麗さまがいらっしゃったのでつい」

蓉羅が助け船を出してくれて、やっと歌梨が少し身体（からだ）を引いてくれた。

兄といい、妹といい、悪女が好きになる呪いでも掛けられているのだろうか。

「賢妃、悪く思うな。歌梨は、そなたの化粧箱と市井での噂に惚（ほ）れ込み、私にあれこれ手紙で聞いてきたので、色々話してやったのだ」

耳にした市井での噂が何なのかと、蓉羅がどこまで話したのかが気になる。

それは置いておいても、どうやら歌梨は事実以上に後宮一番の悪女を美化してしまっているに違いない。

「噂とは誇張され、時に美化されるもの。私自身は平凡な者です」

「そうだ。素顔はのっぺり顔だぞ」

「女性の悪口は自重くださいとご助言致しましたが、陛下？」

さすがに我慢出来ず、再度邵武に警告する。

次はないと悪女の睨みを利かせるのも忘れない。

「またまたご冗談を。美しくありながら、商才もあり、賊を撃退する剣術や棒術までお持ちとか。まさしく琳麗さまはわたしの理想の女性です」

邵武の横槍だけでなく、琳麗の謙遜も、歌梨はまったく意に介していないようだ。

興奮してきたのか、手を握って、またぐいっと身体を寄せてくる。

「兄が後宮に行くと聞いて、無理やりついてきた甲斐がありました」

後宮に行くと決めたのは、どうやら麟遊らしい。ひとまず邵武が何か策を弄しているわけではなさそうだ。一安心だろうか。

「あぁ、お目にかかったらあれこれお話ししたいことがありましたのに、何から話したらいいのかわからなくなってしまいましたわ。困りました」

すぐ目の前で、おろおろする美人を見るのは目の保養になる。

とはいえ、兄同様に、妹の歌梨も直情的で、人の話を聞かないのは同じようだ。

「そうだ、俺も話したい。だから独占するな」

「兄様に譲るなど考えられません。邪魔なのであっちに行っていて下さい」

今度は二人で琳麗を取り合い始める。

そのうち、両手を摑まれ、身体が割かれるまで左右に引っ張られかねない。

(誰か、この二人を止められる人は……)

助けを求めるように邵武を見るも、先ほど邪険にしたので知らんぷりをされてしまった。

すると、いきなり麟遊がパンと大きく手を叩く。

「良いことを思いついたぞ。俺が琳麗を妻にすれば、お前とは義姉になる。そうすれば晏の実家で好きなだけ一緒にいて、話すことができるぞ」

皆が大きな音と声に驚いている中、良案だと麟遊は一人納得して頷くが、歌梨が首を横に大きく振った。

「兄様が琳麗さまに釣り合うとお思いですか？ 気の迷いでそうなったとしても、すぐに愛想を尽かされるでしょう。それに私は近い未来ではなく、今話したいのです。そのためには……そうです！」

考え込むと、今度は歌梨が何か思いついたのか、パンと手を叩く。

まったくもって、似た、迷惑な兄妹だった。

そして、渦中の琳麗は嫌な予感しかしない。

「じきに縮小か解散するなら、わたし、後宮入りします！　今、確か貴妃の位が空いていましたよね？」

予感通り、兄以上にとんでもないことを歌梨は言い出した。

「陛下お願いします！　後宮入りを認めて下さい」

「叔父上に何の相談もなく、いきなり晏家の一人娘を後宮に入れたとなれば、どんな不信を買うかわからん。許可できん」

邵武もさすがに難色を示す。後ろで琳麗がブンブンと首を横に振っていると、任せろという視線が返ってくる。

「そもそも、後宮がどんな場所か知らないわけではあるまい？　万が一、俺がお前に手をつけたら、その時は一生出られないのだぞ？」

「陛下には興味がないのでご安心を！」

邵武が歌梨を脅そうとしたようだったけれど、彼女は一言で片付けてしまった。

「わたしは琳麗さまと楽しい時間を過ごしたいだけですから」

「ふふふ、はははは……邵武、そなたの負けだ。いいではないか。貴妃が空位なことには違いない。後宮入りの経緯は私から歌梨の父に伝えておく。娘の性格はよくわかっていよう。揉めることはあるまい」

「ありがとうございます、叔母様！」

結局、蓉羅の一言で押し切られてしまった。

これから縮小を本格化しようとする時に、まったく皇太后は何を考えているのだろう。皇族で特例での後宮入りとはいえ、例外を認めれば、他からも入れさせろと言われる隙を作ることになる。

「これからよろしくお願いします。妃嬪（ひひん）の方々」

歌梨が立ち上がり、くるりと振り返ると、妃嬪達に向かって頭を下げる。

「むぅ、おねえさまの取り巻きの一番取り巻きの位置は譲らないんだから！」

「またおねえさまの取り巻きが増えて。ただでさえ、わたしは影が薄いのに。これからがんばらないと」

「あら、晏家の方が貴妃に？　どうしましょう」

蝶花が熱く、風蓮が静かに対抗意識を燃やしている。

梓蘭はどうしたらいいのかわからずにおろおろしていた。

「面白いことになりそうだな」

楽しそうに笑みを浮かべる蓉羅が憎い。

琳麗は間違いなく、また後宮が荒れるのを確信した。

※　※　※

思いもしないことから、空位だった貴妃が新たに決まった翌日の夜――。

寝台に座る邵武は、戸をじっと見ていた。

何をしているかというと、外の様子を窺(うかが)っていたのだ。

皇帝である自分がこうして誰かを待つことなどまずない。そもそも後宮に新しい妃嬪を迎え入れないようにしてからは、寝所に相手を呼ぶことさえ数回しかなかった。

しかし、今夜に限っては来るのか、来たら来たでどんな顔をして自分の前に現れるのか、どうも気が急(せ)く。

皇帝を待ちぼうけにしても許され、考えや行動があまり読めずに気を揉む相手など、後宮内、いや国中を探しても彼女だけだろう。

今までは何かと理由をつけて寝所に呼びつけていたのだが、数日空いてしまった。

近頃は政務が溜まっていたのに加えて、面倒なことが起こったので、一切時間を取る余裕がなかったのだ。

後宮が上手くいっているので、官吏の縮小も進めたのだが、それが今のところ悪い方向に出ている。

(そろそろ膿が出る頃合いか。まずは——)

「……!」

俯いて深く考え込んでいた邵武は、衣擦れの音が微かに聞こえた気がして、ハッと顔をあげた。

寝所の外の音に集中すると、今度はたしかに足音と共に聞こえてくる。

「来たか」

邵武はほっと胸をなでおろした。

どうやら大幅に遅れはしたが、伽の命をすっぽかされるようなことにはならなかったようだ。

彼女の怒りは、それなりに怒ってはいるが、口をききたくないほどではないということなのだろう。

ならば、何とかなりそうだ。

「賢妃、陛下の命に従い、馳せ参じました」

「ご苦労、まず話がある。そこへ座れ」

前言撤回だ。

普段は見事な所作で入ってきては、邵武から距離を取って勝手に座るのだけれど、今日はやけに仰々しい。

これはかなり怒っている。

琳麗は寝所に入り、戸を閉めると指定された場所に座ることなく、すたすたと邵武に近づいてくる。

「おい、琳麗？」

「どうなってるんです⁉」

寝台に座る邵武に向けてぐいっと顔を近づけ、琳麗が開口一番、尋ねてきた。

腰に手をやり、人を上から見下ろす様子は、すっかり後宮での悪女っぷりが板についているようだ。

ただ、そんなことを口にしたら最後、たちまち矢のような反論が飛んでくるだろう。

「何のことについてだ？　子細を言え」

彼女が何を言わんとしているのか、本当はわかっている。

だが、邵武はあくまでもすっとぼけた。彼女の勢いに合わせることはしない。

「宴（うたげ）での歌梨様の発言についてです」

「あぁ、そのことか」

琳麗にとっては、麟遊の嫁探しよりも、歌梨の後宮入りの方がよっぽど重要らしい。

彼女にその気がないようで安心した。麟遊がまさかあのような目的をもって都に来たとは、邵武にとっても予想外だったのだ。

母である蓉羅といい、麟遊と歌梨の兄妹といい、晏家は有能ではあるが、時折思いもよらない行動にでるので困る。

「そのことか、ではないです！　また妃嬪が増えるなんて……これで何度目ですか！」

琳麗がさらに勢いを増して問い詰めてくる。

今なら簡単に唇をさらえそうな距離だ。その時は平手が飛んでくるだろうか。それとも受け入れるだろうか。

おそらくは前者だろう。

「妃嬪が増えるのは……初めてだな。今までは空位の四夫人に、元から後宮にいた者が昇格したに過ぎない」

あくまでも冷静に後宮一番の悪女に対処していく。

琳麗がえっという顔をして、指を折りながら考え込む。

「蝶花、梓蘭、慧彩……むっ、本当だ」

潜んでいていきなり現れた者がいたから、混同していたのだろう。

琳麗がばつの悪そうな顔をする。

「歌梨がお前が来てから初めて外から来た妃嬪になる。あくまでも本当に後宮入りしたらの話だが」

「まだ決まったことではないのですね!? もちろん、認めませんよね？」

彼女が目を輝かせて尋ねてくる。

今のところは、酒の席で特に考えずにしてしまった発言ということにもできる。だが、兄妹の性格を考えるにどちらも撤回するとは思えない。

「残念ながら、ほぼ決定だろう。晏家の現当主が娘に甘いことは有名だ。さらに母が後押しした以上、俺が何を言っても無駄だろう」

そもそも反対する理由がない。

外からみれば、後宮に有力な家の娘が入るわけで歓迎される。歌梨も剣の腕は仕込まれているだろうから護衛としても使えるはずだ。

「そんなぁ」

琳麗ががっくりと肩を落とす。

彼女からしてみれば、苦労して妃嬪の数を減らし、平和になった後宮をまたかき回されるのが許せないのだろう。

（いや、もしかすると俺のことを？）

「歌梨は俺のことは何とも思ってないし、俺も――」

「ややこしくして、空位の貴妃が復活して。もう減らす協力はしませんからね！」

彼女が嫉妬心を抱いたという希望は見事に打ち砕かれた。

まあ、琳麗はそんなわかりやすく可愛げのある女ではないことは、初めからわかっていたはずだ。

心配なのは、その逆だ。

今のところ脈はなさそうだが、麟遊は手強い。琳麗は押しに弱いところがあるし、突然攫われることもありえる。

大いに注意が必要だ。なるべく近づけないようにさせたほうがいい。

「私は後宮を早く出たいんです」

こちらの心配をよそに、琳麗が唇を尖らせて主張する。

「今の後宮に何が不満だ？　好きなようにできているのではないか？」

「それは……」

琳麗が顔を俯かせて考え込む。

心が揺れている証拠だ。この隙に畳み掛けるべきだろう。

「お前がこのままの後宮がいいというならば、俺はもう手を出したりしない」

「それって、これ以上の縮小も、解散もしないということですか？」

琳麗の問いに頷く。本気の答えだった。

当初は後宮の解散が目標だったが、今は違う。

琳麗が手に入るならば、彼女が望むのならば、後宮はこのままでいい。

すでに彼女主導の改革で、後宮の台所事情は大きく改善している。問題は取り払われたといっていいだろう。

それに、琳麗は邵武にとってかけがえのない存在になりつつある。

皇帝の責務を果たせる範囲でならば、何を犠牲にしたとしても、失いたくない。

いつまでも、隣に置いておきたい。

無論、彼女の意思は尊重するつもりなので、口説き続けるつもりではある。

「市井になど戻らなくていいではないか？　このまま居心地の良い後宮にいろ。足りない物は取り寄せる。やりたいことはできるだけ許可する」

「怪しい……」

言葉を選んで、魅力的な提案で、口説いたつもりだったのだけれど、琳麗がじとっと訝しげな視線を向けてくる。

わりとわかりやすく言っているつもりなのだけれど、琳麗には通じないようだ。まったく、自分の色恋には疎すぎる。

きっと邵武が琳麗をどう思っているかなど、まったく気づいていないのだろう。

わからせるには、押し続ける、口説き続けるしかないのか。

「いつもに増して変です。何を企んでいるのです？」

「俺が何を考えているかだって？」

意味深な言葉で返すと、琳麗の衣の袖をすっと引いた。

「あっ……」

予想外だったのだろう。彼女は身体のの均衡を崩して、寝台に倒れ込む。

それを下から受け止めた。

身体が密着し、顔が吐息を感じるほどに近づく。

衣は着ているが、琳麗の柔らかさと甘い香りを覚えた。

「今日はこのままお前を抱いてしまおうかと思っている」

「……!?」

彼女はびくっと身体を震わせたけれど、気丈に邵武を睨みつけてきた。

「ご冗談を。化粧をしたこの顔が、お嫌いなのでしょう？」

「近頃は琳麗なら悪くないと思えてきた」

嘘ではない。あれほど嫌いだった女性の化粧だが、色々とあった間に、少なくとも琳麗に限っては嫌悪感を抱かないようになっていた。

化粧をしていないぼんやり顔は好きだが、この武装した化粧顔も愛しく思う。

「好きになった。抱いてもいいと思うぐらいに」

「……っ!?」

もう一度、今度は耳元ではっきり告げる。琳麗にはこのぐらいでないと駄目だ。

さすがに彼女もその意味がわかり、耳まで真っ赤になっていた。

「そ、それで褒めているつもりですか？　騙されませんからね」

「今のその顔も愛しく思っているのは、俺の本心だ」

意識して、照れている琳麗の様子が、可愛くてしかたない。

彼女を今すぐ抱きしめたいが、我慢だ。あと一押しすれば、今後は遠慮する必要もなくなるはずだ。

「琳麗、このままここにいろ。俺の側にいろ」

命じると、ゆっくり彼女の唇を奪うために顔を近づける。

迷っているのか、諦めたのか、逃げる様子はなく、徐々に距離がなくなっていく。

「なっ……」

しかし、これは愚策だったのかもしれない。急ぎすぎたのだ。

冷静さを失った琳麗が突如、混乱した。

「ご、ご、誤魔化そうとして適当に言っても駄目です！　今までのわたしの努力がわかっていま――」

「ぐはっ！」

何を思ったのか、琳麗が動いて、彼女の脳天が邵武の額に思い切り当たる。ゴンと鈍く、普通では出ない音が寝所に響いた。

「いった……あっ、邵武⁉　大丈夫ですか？　しっかりしてください！」

彼女が柔らかいのは身体だけで、頭は石のように固いらしい。

直後、邵武は意識を失う。

次に目を覚ますと、多忙で疲れていたこともあり、すっかり日が昇っており、琳麗の姿はなかった。

さすが後宮一番の悪女、何とも手強い。

二章　住みやすい後宮を襲う現実

後宮に出入りできる場所は、琳麗の知る限りで二つしかない。

一つは、後宮から皇帝の寝所がある清瑠殿へと続く道で、伽を命じられた妃嬪と皇帝しか通ることが許されない。

そして、二つ目が、実質、後宮から外へと続く唯一の出入り口〝月華門〟だ。

赤い城壁の間に現れる白色の櫓のある銀の装飾が見事な大きな門は、妃嬪が後宮入りする時と、後宮から暇を出された時だけ開かれる。

日頃の荷や宦官の出入りはというと、門の横にある小さな通用口を使っていた。

その月華門が数ヶ月ぶりに開かれる。

琳麗が瑛雪を筆頭とした侍女を従えて門の前で待っているのは、その様子を記憶に収めるためではない。

入ってくる者の出迎えと案内役を命じられたからだ。

丁重にお断りしたかったが、皇帝からだけでなく、皇太后からも頼まれては断るわけにはいかなかった。

実際の所、今回の出迎えに琳麗ほどの適任者はいないだろう。

後宮内を隅々まで把握していて、迎え入れる者に好感を持たれているのだから、仕方がない。

(さて、どう対応しようかな)

新しい妃嬪とはいえ、今回に限っては敵対するとは思えない。

ただ、相手は名家なので油断は禁物だ。

何がきっかけで対立してしまうかわからないし、実は琳麗の知らない思惑が相手にないとも限らない。

それに外では後宮を牛耳る悪女と言われている琳麗が、ここで歓迎してしまうと、それはそれで問題になってしまう。

閉じた後宮も、有力者の後押しがあれば入れると思われてしまうからだ。違う妃嬪が次から次へと強引に押し込まれてくる事態になりかねない。

「いらっしゃったようです、琳麗様」

瑛雪の耳打ちで考えを止め、門に集中する。

銀の門はギギギと音を立てて、大きく開いた。

外には黒い輿が待っていて、門が開いたのを確認するとゆっくり後宮に入ってくる。武人の家らしく、輿に無駄な装飾はなく、艶のある黒く塗られた外観に、最低限の金の飾りがつけられていた。

輿に続いて、荷駄、侍女が徒歩で続く。

思っていたよりも大がかりだ。

「止めてくれる?」

出迎えに礼をして、通り過ぎようとした一行が、中にいた女性の声で止まった。

輿から出てきたのは、すらりと手足の伸びた若い麗人で、どこか皇帝や皇太后の面影がある女性だ。

すぐに琳麗の元まで駆け寄ってくる。

「琳麗さま、わざわざ出迎えていただくなんて。失礼しました。事前におっしゃって頂ければ、わたしも徒歩で門をくぐりましたのに」

「ふふふ、すこし驚かせたくて」

「心の臓が止まるかと思いましたわ。でも、とても嬉しい驚きの出来事です」

表情をくずさずに答えると、相手は満面の笑みを向けてくる。

予想外のことに苛立つこともなく、心から喜んでいるように見えた。

琳麗は一歩下がると、改めて頭を下げた。

「ようこそ後宮へお越し下さいました、歌梨様改め、貴妃様。後宮の全妃嬪に代わり、この賢妃が心から歓迎申し上げます」

彼女ならもっと気軽に接して欲しいだろう。しかし、琳麗は対外的なことを考えて、あえて強い口調と顔面で、告げた。

やはり、彼女は不満そうに顔をむっとさせ、こちらへ一歩踏み込んでくる。

「歌梨とお呼びください。わたしは琳麗さまと仲良くするためだけに後宮入りしたのですから。賢妃さまなどと他人行儀で琳麗さまを呼びたくはありません」

「では、そうさせて頂きます」

実際、琳麗が入る前は知らないが、今の後宮では公式の場以外で妃嬪の位、四夫人や九嬪といった位名で呼ぶことは少なかった。

だから、歌梨の提案には異論がない。

「立ち話も何ですから、まずは歌梨様のお住まいとなる蒼月宮にご案内してよろしいでしょうか？」

「失礼しました。よろしくお願いします」

未だにくだけて話そうとしない琳麗に不満げだったけれど、ひとまず歌梨は大人しく指示に従ってくれるようだ。

「それほど距離はありませんが、徒歩でよろしいですか？」

「もちろんです。こうして琳麗さまの隣を歩けること、幸せです」

ここまで慕われると悪い気はしない。

けれど、まだ気を許すわけにはいかない。

「妃嬪の住まいとなる宮は、屋根瓦の色でわかります。淑妃、徳妃、賢妃の順に翠葉色、橙夕色、朱色、そして貴妃は蒼色になります」

ちょうど正面に見えてきた蒼色の屋根の建物を示す。

「あちらが、歌梨様のお住みになる蒼月宮です」

「朱色というと、あそこが琳麗さまのお住まいなのですね？　隣ではなくて残念です」

自分の住居より琳麗の方が気になるらしい。

（うーん……私に放たれた刺客ってことはないよね？）

国に仇なし、皇帝を籠絡する悪女を成敗するため、名家が暗殺者として自らの娘を後宮に送り込んだ。

「…………」

琳麗は自分の想像にぞくっとして、身体を震わせた。

わりとありそうな話で真実味がある。

急に栄えた商家の娘として、何度も攫(さら)われたことがある自分は、護身術にわりと自信があるけれど、武人の家の強者には敵(かな)わないかもしれない。

そういえば、歌梨の叔母である蓉羅(ようら)も、以前、暗殺者数人を一人でしのいでいたことがあった。

（けれど、今はそんなことよりも……）

「どうかなさいましたか、琳麗さま？」

「いえ、何だか先ほどから悪寒がしまして」

今の琳麗としては歌梨の正体より、先ほどから自分に向けられている冷たいものが気になっていた。

「……？　あっ、おまえたちね！」

歌梨は途中で言葉を止めると、気づいて振り返る。

先ほどまで琳麗をこれでもかと睨(にら)んでいた侍女達が、やっと視線を逸(そ)らしてくれた。

「どうして琳麗さまに不愉快な視線を送っていたのです？　答えなさい！」

「恐れながら、お嬢様と気軽に接することが許せないのでございます」

答えた者以外の侍女も、同意して首を縦に振る。

（いや、どちらかというと私の方が距離を取って話しているよね？）

気軽に話しているのは、歌梨の方だと思う。

何とも理不尽過ぎる。

「琳麗さまはわたしの尊敬するお方です」

「商家の成り上がりで、後宮の悪女などと呼ばれる者と親しくなど……晏家の者には相応しくありません」

歌梨の侍女達が悪寒がするほど鋭い視線を送っていた理由はこういうことらしい。

名家の出でもない者が、自分の主人と仲良くするのが許せない。

端的に言えば、琳麗が気に入らない。

ただ、激しい敵意を向けるほど、歌梨が侍女達から慕われているということでもあるのだろう。

「琳麗様に何ということを——」

「歌梨様、私は気にしません。すべて事実ですから」

若干強がりではあるが、懐かしくもある。

後宮に来たばかりの頃は、敵意や軽蔑の視線など、日常茶飯事だった。

「そんなわけにはいきません。琳麗さまがよくても、わたしの気が収まりません」

歌梨は琳麗への視線に、本当に怒ってくれているようだった。

再度侍女達の方を向いて、厳しい表情で告げる。

「琳麗さまを認めぬ者は今すぐ後宮を出てお行きなさい。必要ありません」

「そ、そんな……お許しください、歌梨様」

皆、歌梨の威圧に負けて、ひれ伏す。

「謝る相手が違いますよ」

「申し訳御座いませんでした、琳麗様」

今度はこちらに向かって侍女一同が頭を下げ、地面に額をつける。

何だか悪女が様になる格好になってしまった。

「元から腹を立ててなどいませんから、謝罪も必要ありません」

歌梨は周囲に慕われる性格で、兄の麟遊(りんゆう)同様に真(ま)っ直(す)ぐな人なのかもしれない。

ひとまず、必要以上に警戒しなくてもよさそうだ。

「琳麗様、ありがとうございます。しかし、もし歌梨様に害を為(な)すことがあれば、我らは躊躇(ためら)うことなく刃を向けること、お聞き留めください」

「こら、いい加減になさい！」

再度脅してくる辺り、なかなかの崇拝者だ。

「血の気の多い侍女達ですね」

「申し訳ありません。いつもこうで困ってしまいます。皆、実際に腕も立ちますし」

歌梨が頬に手を当て、呆れている。

もしかして、全員が武芸者で、侍女兼護衛なのかもしれない。

(おそるべし武人の家)

侍女達は怒らせないようにしようと胸に刻む。

そもそも腕の立つ者を数人、皇帝の私的な場所に入れてもいいのかという疑問が頭をかすめたけれど、まあ信頼されている家なのだろう。

「そろそろ蒼月宮へ参りましょう」

その後、琳麗は後宮の案内係としての役目を忠実に果たした。


歌梨を貴妃の住まいに連れて行き、続いて、後宮の主要な場所を案内していく。

そして、一周すると蒼月宮に戻ってきた。

琳麗が後宮入りした時のように、房間が掃除されておらず埃くさいことも、実家からの荷が一部盗まれていることもない。

つつがなく歌梨の後宮入りは終わった。

「私以外の四夫人への挨拶は明日以降でかまわないと思います。もしくは向こうから知らせが来るでしょう。順序なども考えなくていいです」

その手の無駄で、不健全な後宮の仕来りは、琳麗がすべて廃止した。

こうしたことから、今の後宮では妃嬪が伸び伸びと暮らすことができている。

「本日は色々とありがとうございました、琳麗さま」

宮の門前で歌梨が深々と頭を下げてくる。

「陛下と皇太后様に命じられたことですので」

「そんなことを言わずに、もっと仲良くしてくださいませ」

歌梨が距離を詰めてきて、琳麗の手を取った。

近くで見ると、本当に綺麗な女性だ。

手足が長く、ほどよく引き締まって健康的な身体に、北の遊牧民の血が入っているのかはっきりとした目鼻立ち、ぼんやり顔の自分とは違う、生まれながらの美人だ。

本当は琳麗の方から親交をお願いしたい。

彼女に合う化粧を研究して、もっと美しくしてみたい。

けれど、それをぐっと堪える。

それは彼女の真意を見極めてからでも遅くない。

「いずれ、そうなると良(い)いですわね」

今は握られた手を離す。

すると歌梨の顔が暗くなる。しかし、すぐに顔を上げた。

「そうだ！　琳麗さまに贈り物を持ってきたのです」

彼女が思い出したように手をパンと叩(たた)くと、すかさず侍女が木箱を持ってくる。

上蓋を取ると中身を琳麗に見せた。

「珍しい鉱物で青鉛鉱(せいえんこう)というらしいです。知っていらっしゃいますか？」

青鉛鉱は綺麗な青さを持つことで知られ、鑑賞用として所持する者さえいる価値の高い鉱石だ。

「存じております」

箱の中に入れられた鉱石は、確かに綺麗な青い結晶が見える。

ここまで綺麗に結晶化しているのは珍しい。通常だと他の鉱石と共生した状態で産出され、青鉛鉱自体は表面の一部に出ている程度だ。

希少な鉱石なので商品にするのは難しいし、銅や鉛を含んではいるが、青色の研究には使える。少量なら使用も問題ない。

鑑賞用になるということは、手に入れることも苦労するわけで、琳麗も今は所持していない。

　控え目に言って、喉から手がでるほど欲しい。

「鉱石で顔料を作られると聞いて、手に入ったのでお持ちしたのです。どうかお近づきの印に受け取って下さい」

　今までの琳麗の対応からして、断られるかもしれないと不安に思ったのだろう。歌梨は少し不安げに箱を差し出してきた。

（鉱石に罪はなし！）

　ここは歌梨の好意を受けようと思い、箱に手を伸ばし受け取る。

「……？」

　礼を言おうとしたところで不意に違和感が走った。

　改めて手元の鉱石を観察する。

（青色が、違う気が、する）

　以前見たことのある青鉛鉱の青は、混じりけのない真っ青だった。

　それに比べて、この鉱石の青は光沢があり、透明感がある。

　何かが混じった可能性もあるけれど、やはり青鉛鉱ではない気がしてきた。

（あっ……）

その時、青い鉱石が何の衝撃もないのにわずかに端が崩れる。

青鉛鉱も比較的に脆い鉱石だけれど、これほどではない。

(これって青鉛鉱ではなくて……)

琳麗はどうするか瞬時に考え、それを地面にぽいっと投げ捨てた。

箱が割れて、鉱石は地面に砕け散る。青い染料を叩きつけたように地面が汚れた。

「琳麗さま!?」

歌梨の顔が驚き、次に悲しげなものになる。

言い訳をしたいけれど、ここはぐっと堪えて悪女らしい言葉を用意する。

「この程度の贈り物で、この琳麗が満足するとお思いなら、おめでたいことね」

「歌梨様の贈り物に対して何と無礼な!」

琳麗の言葉に、真っ先に反応したのは歌梨の侍女達だった。

今度こそ、本気で殺意を込めた視線を向けてくる。

「後宮の主である私にこの石を贈る方がよっぽど無礼だと思えるけど?」

「くっ……たとえ罰せられようとも――」

琳麗と侍女達が一触即発の状況だったけれど、それを止めたのは歌梨だった。

右手を横に広げ、自らの侍女達を思い止まらせる。

「…………」

そして、琳麗が落とした鉱石をじっと見ていた。

(何か気づいた？　どちらにしろ、後でわかるはず)

「では、そろそろ失礼させていただきます」

琳麗は歌梨達に背を向け、この場を去ろうとする。

すぐに「待て」と声が聞こえた。歌梨の侍女達が動こうとしたのだろうが、再度主人に止められる。

自分から煽(あお)ったとはいえ、乱闘騒ぎにならなくてよかった。

それに、あの石に触れなくてよかった。

「でも、割ってしまったのは惜しかったな」

あれが自分の予想した鉱石でも、希少なのは間違いない。

割れた屑(くず)でも持ち帰りたい気持ちをぐっと堪える。

後悔しながら、琳麗は朱花宮(しゅかきゅう)へと戻った。

翌日、朝一番に歌梨からの使いを受けた琳麗は、彼女の訪問を許した。

前日同様に多くの侍女を連れてきた歌梨を、賢妃の住処である楼、その一階にある広間に通す。

四夫人はそれぞれの宮にある三階建ての楼に住んでいる。

楼は上に行けば行くほど、四夫人にとって私的な場所であり、一階の広間はまだ親しくない相手に使うところだ。

「このたびは申し訳ありませんでした」

広間に琳麗が姿を現すなり、歌梨と侍女達は一糸乱れぬ様で頭を垂れた。

歌梨が説き伏せたのか、自尊心が高そうだった侍女達も不満はないようだ。

昨日取った高圧的な態度による相手の出方は、二つあると思っていたけれど、良い方に転んだらしい。

「何のことかしら？」

房間の奥に座すると、ひとまずは悪女を演じ続ける。

「琳麗さまへの贈り物の件です。お許し頂ければ、経緯を話させて頂きたく思います」

あれが危険だとわかったらしい。鉱石好きの琳麗でもすぐにはわからなかったのだから、それだけでも賞賛に値する。

青鉛鉱だと言って琳麗に渡した青い鉱石、あれはおそらく——胆礬だ。

非常に珍しいもので、硫酸と銅の性質を持つ別名〝銅の青花〟と呼ばれる。

銅鉱山で稀に青い花を咲かすように産出するのが由来だが、水にとても溶けやすいという性質を持っている。

安易に触れれば銅中毒になり、滴れば衣や肌を溶かす。

水に溶けやすいとは吸収されやすく、とても危険なことなのだ。

他の特徴としては、とても脆く、少しのことで崩れてしまうから保管が難しい。

「話すことを許します」

「私が確認した時は確かに青鉛鉱でしたが、後宮に入る際にすり替えられたようです」

歌梨が嘘を言っているようには見えない。

「犯人は見つけました？」

「買収された侍女は特定し、相応の罰を与え、追放しました。ですが、関与した宦官はすでに雲隠れした後でして……面目ございません」

相応の罰は、彼女の口調から決して軽くないだろう。

「おそらく、他家の息がかかっていたのだと思います」

歌梨が推測を口にする。琳麗も同じ考えだったので、頷いて見せた。

以前から、後宮に送り込めなかった家から嫌がらせを受けることがあった。

そうは言っても、品が違っていたり、なくなっていたり、汚されていたりといった憂さ晴らし程度のことだ。

「驚きませんが、今回は程度が違いますね。注意が必要そうです」

「それほど危険な鉱石だったのですか？」

歌梨が驚いて尋ねてくる。

危険だとはわかったけれど、どれほどまでかはまだ調べがついていなかったらしい。

「あれを池に投げれば、そこの生き物はすべて死滅すると言われています。触れることさえも危ないものです」

「……！」

琳麗の言葉に衝撃を受けたのか、歌梨の手が震えていた。

黒幕は妃嬪を中毒で殺して数を減らせば、また後宮に娘を送り込めると思ったのだろう。

何て卑劣なやり方だ。

そろそろ嫌がらせ程度では、気が済まなくなってきたのだろう。

「琳麗さまには申し訳なさ過ぎて、言葉もございません」

今にも泣きそうな顔で歌梨が頭を下げる。身体(からだ)の震えも止まっていない。

やはり何も知らなかったのだろう。とても今の姿が演技とは思えなかった。

贈り物が危険な鉱石だと分かった琳麗は、昨日わざとそれを投げ捨てた。

もし、歌梨が黒幕なら、あの場で慌てて誤魔化そうとして謝罪するか、捨てたことを非難しただろう。

しかし、彼女はそのどちらの行動も取らず、すぐに調べさせ、謝罪に来た。

周囲はわからないけれど、少なくとも歌梨には琳麗達を害するつもりはないように思う。

そうならば、警戒し過ぎるよりも取り入れてしまった方が良い。

とくに美人は大歓迎だ。

ちなみに、黒幕でなくても琳麗の行動を批判することもありえた。その時は積極的に後宮から追い出すつもりだった。

自分に非がないか確認することなく、先に相手を非難するような者には、後宮にいてほしくない。

「歌梨」

琳麗は立ち上がると、わざと呼び捨てをして歌梨に近づく。

周囲が緊張して、侍女達が息を呑むのがわかった。

何だか、悪女として振る舞ううちにこうした場面に慣れてしまった気がして、悲しい。

「今回の件は、あなたの落ち度じゃないわ。だから、これからは仲良くしましょう。友人として接して」

「よろしいのですか？」

今度は琳麗の方から歌梨の手を取って話しかける。

いきなり歩み寄られたことに驚いて、彼女が問い返してきたので、頷いて見せる。

「ありがとうございます、琳麗さま。今後も歌梨と呼び捨てください」

「え、ええ……そうさせてもらうわ」

まだ彼女の侍女達の視線が痛いけれど、距離を詰めるのはその方が良いだろう。

「ところで歌梨、後宮内に持ち込んだ贈り物はあれだけじゃないよね？」

琳麗の言葉で歌梨がハッとする。

「あります。まさか、そこにも!?」

「一つや二つはあるかも。よかったらここに持ってきて、一緒に確かめない？」

そこまでする義理はないのだけれど、後宮内の平穏のためだけでなく、歌梨と仲良くするためにも、協力するほうがいい。

鉱石のような命にかかわるものがないとも限らない。

「すでに渡してしまった物はないよね？」

「はい、琳麗さまの件が最優先でしたので……すぐお持ちしますので、お願いします」

歌梨が指示すると、侍女達が山ほど木箱を運んでいる。

二人でその一つ一つを開けては確かめていく。

「歌梨、これ、色が汚い。粗悪品かも」

「琳麗さま、こっちは粉にするのが甘くなっています」

歌梨が持ってきた他の妃嬪への贈り物の多くは化粧品だった。

そんなものが琳麗と、琳麗を崇拝する歌梨に通じるわけがない。

「なんか、容れ物が怪しい。あっ、やっぱり棘があるし」

「この粗悪品、化粧を冒瀆しています！」

二人で嫌がらせを弾いていく。

次々に贈り物を入れた箱が開けられていった。

「ふぅ、こんなものね」

「そのようですね、琳麗さま」

一息つくと、琳麗は品々を見返した。

墨や泥で汚れをつけられている物、微妙に悪い品にすり替えられている物、水浸しにされている物、壊されている物など、妨害は様々だ。

半数以上が何らかの嫌がらせを受けているのがわかる。久々の妃嬪の後宮入りということで、悪意が集中したのだろう。

幸いなことに、青鉛鉱を胆礬に差し替えたような、巧妙で命の危険のある、危険な物は他になかった。

「改めて、琳麗さま、ご迷惑をお掛けして申し訳ございませんでした」

再確認を終える琳麗を待って、歌梨が改めて謝罪してきた。

彼女の侍女達も続いて、一斉に頭を下げる。

「もう気にしていません。それに、何だか楽しかったし」

間違い探しの遊びのようで、だんだんと楽しくなってきたのは事実だ。

「実は不謹慎だと思いながら、わたしも、少しだけ」

歌梨が親指と人差し指で表しながら、あくまでも控え目に、琳麗の言葉に同調した。

何とも可愛げのある仕草だ。

「ふふふ、では共犯者ですね」

悪女らしく答えると、歌梨が微笑む。

化粧品を見極める目といい、妨害への怒りといい、琳麗に憧れてきたという言葉に、今のところ嘘はなさそうだ。

「しかし、贈り物の半数が台無しになってしまったわね」

「面目ありません。わたしの警護を意識するあまり、持ち込む物、特に贈り物への警戒が甘かったようです」

晏家で大事にされている娘が後宮入りとなれば、注意が人に集中するのは仕方ないだろう。

実際、歌梨への危害がなくてよかった。

有名な武人の家、晏家を正面から敵に回そうという家はそうないのだろうけれど、一歩間違えば、彼女が胆礬に触れていたかもしれない。

「仕方ないわ。私もここまでとは思わなかったから」

後宮入り出来ていない家からの嫌がらせは、日常茶飯事だったけれど、命の危険を感じたことはなかった。

後宮が閉じてかなりの時が経つ。

琳麗が考えるよりも、各家は焦っているのかもしれない。

「それより、代わりの品の手配はつきそう？」

琳麗は歌梨に心配させないように話題を変えた。

今、考えても仕方がないことだ。

今後も続くようなら、邵武や蓉羅に相談して、後宮への物の出入りの確認を厳重にしてもらえばいい。

「手配はできると思いますが、すぐというわけには」

歌梨が目を伏せる。

武人の家とはいえ、懇意にしている商家はあるだろう。けれど、他家を通しているので時がかかるし、今のように妨害されていないかが心配なのだろう。

「だったら任せて。私の実家に頼めば間違いない物をすぐに送ってくれるはずだわ」

その点、実家が商家の琳麗ならば、早くて、正確で、良い物が集められる。

（そうだ、道栄様に持ってこさせよう）

琳麗を騙し討ちで後宮に入れた犯人の一人、道栄に頼めば、より安全だろう。

彼はもともとそれなりの宦官だったけれど、琳麗が賢妃になり後宮を牛耳るようになったことで、さらに地位を高めたはずだ。

だから、琳麗の頼みは無下にできないし、道栄が直接持ち込めばまず妨害も入らない。

「よろしいのですか？」

「もちろん、お代は頂くけれどね。あっ、急ぎだから割り増しで」

「ふふっ、さすが琳麗さま。どうかお願いいたします」

すっと背筋を伸ばすと、もう一度歌梨が恭しく頭を下げてきた。

見事な所作で、いつまでも見ていたくなる。

「では、何をお買いになります？　こちらなど今人気の品でして」

琳麗が商談モードに入ると、瑛雪がすかさず見本と目録を運んでくる。

さすが幼少から仕えている彼女だ。

二人で商機は見逃さない。

「これ、素敵ですね。わたしのも欲しいぐらいです」

「もちろん、お客様自身がお買いになっても当方は一向に構いません。貴女様(あなたさま)にすごくお似合いだと思いますし」

「では、これを四箱と……こっちの化粧品もいい色！　あぁ、目移りしてしまう」

その後、歌梨は贈り物用と自分用に、たくさん買い上げてくれた。


歌梨の後宮入りから数日が経った。

胆礬(たんばん)のことがあったので、琳麗はいつもより警戒し、後宮内の情報を積極的に集めてはいたけれど、その後、目立った事件も話も聞かない。

　あれは偶然が生んだことだったのではと、琳麗は思い始めた。誰かが危険な鉱物と知らずにすり替え、それがたまたま自分のところに回ってきたのかもしれない。

　考えてみれば、外から隔離された後宮内とはいえ、妃嬪の命を狙おうと思えばいくらでも方法はある。

　食材に毒を仕込むとか、宦官を暗殺者に仕立てあげるなどだ。

　もちろん、皇帝に刃向かうことになるので、極刑覚悟という抑止力が働く。それでも、自分までばれなければいいだろうと思う輩は多いはずだろう。

　今までなかったことが不思議なぐらいだ。

「おねえさま、おーい、おねえさま！」

「おねえさまの真剣なまなざし、素敵。一度でいいから、わたしに向けて、欲しい」

「何か考えごとをしているのだと思いますので、静かにして差し上げたほうが」

　蝶花の主張の激しい元気な声と、風蓮のうっとりした控え目な声、そして、梓蘭の艶っぽくも優しげな声が順番に聞こえてきて、現実に引き戻された。

「そういえば、お茶会をしていたんだっけ」

　改めて窓の外を見る。

涼しげな水面と、そこに面した美しい庭の景色が視界すべてに広がる。

今、琳麗達がいるのは以前、皇帝主催で茶会が開かれたこともある池の上に立つ風光明媚な茶屋だった。

壁が少なく、全面を窓や吹き抜けにしているので、景色を楽しむのに一番良い場所だ。ただ、季節によっては寒いのが難点ではある。

今日は後宮内の情報集めも含めて、仲の良い貴賓達を集めて茶会を開いていたのだった。

そこで遠くの景色を見ていたら、つい考えごとに没頭してしまったらしい。

「そうですよ。せっかく集まったのだから、わたくし達の相手をしてください！」

琳麗の顔をのぞき込んでいた蝶花に怒られてしまう。

「ごめん、ごめん。たまに真面目な顔をしておかないと、いざという時に顔面が持たなくなると困るから」

冗談ではなく、顔の筋肉が引き攣っている気がする。

近頃は後宮内が本当に平穏だったので、のほほんと過ごしていた。

そもそも後宮とは、各家の思惑や女同士の抗争が渦巻く場所だ。どうやら琳麗はすっかり平和惚けしていたらしい。

「もっと見ていたかったのに、おねえさまの真剣なお顔」

「また今度。不定期で見せるから」

「ほんとですか！　見逃さないようにその時を待っています！」

楽しみにされると、それはそれで違う気がするけれど、まあ風蓮がいいならいいか。

「何か心配事ですか？」

琳麗の友人で数少ない常識人の梓蘭だけが、何を考えていたのかを尋ねてくれた。

本当に彼女がいてくれてよかった。

「心配事、というほどではないのだけれど……歌梨、新しい貴妃は後宮に馴染んだかなと思って。みんなと上手くやれてるのかなと」

「琳麗様はお優しいのですね」

少し考えていたことと違うことを口にしたので、罪悪感で胸がちくっと痛い。

「みんなはどう思う？」

「もちろん、おねえさまは強くて優しいおねえさまです！」

「いやいや、私のことではなくて、歌梨のことを聞いたの。彼女をどう思う？」

風蓮の頭に軽くぽんと手刀で突っこみ、改めて皆の意見を聞く。

「歌梨さまですか？　わたしはとてもよくしていただいてます。実は――」

風蓮が歌梨からもらった贈り物は、艶のある桃色の口紅だったらしい。

彼女の可愛らしさを際立たせる、素晴らしい選択だと思う。

「頂いた時につい言ってしまったのです。わたしは他の方々に比べたら、幼く見えてしまうので、もっと大人っぽくなりたいと」

実際、風蓮の年齢は後宮内ではかなり若い部類だ。

だから、幼く見えるのは仕方のないことだけれど、本人は分かっていてもつい周りと比べてしまうのだろう。

「でも歌梨様は優しく言って下さいました。焦らなくていい。今の自分の長所を理解して、自信を持ち、それを伸ばす努力をすればいいと。弓が苦手なら剣を極めればいい。それも駄目なら矛や馬だっていいと」

最後の一言、二言はいらない気がするけれど、まあ言われた風蓮が納得しているようなので良しとしよう。

「それ以来、時折お話しさせていただいています」

なるべく困ったことは自分に相談して欲しいけれど、言いづらいこともあるだろうから、歌梨のような存在は助かる。

「蝶花はどう？　歌梨のこと」

「歌梨様は同志です！」

「どうして……同じ志を持つ人って、方よね？」

琳麗の言葉に、蝶花がぶんと頭を大きく縦に振る。

「わたくしは歌梨様からイタチの毛の細い筆をいただきました」

筆に使う素材は様々ある。その中でもイタチの毛は、コシがあり、弾力と穂先のまとまりがあって細かいところの化粧に使いやすい。

貴重なものなので、贈り物として喜ばれるだろう。

「たまには目元の線をいつもより長くしてみると、普段との違いで相手がドキッと意識するという助言もいただきました。どうです？」

たしかによくみれば、今日の蝶花は目尻が伸ばされていて、もともと大きな目が強調されてきりっとしている。

彼女の健康的な身体や元気な性格を際立たせて、可愛くしている。

ただ、ドキッとさせようとする相手は琳麗ではなく、皇帝ではないだろうかというつっこみはしないでおく。

「それで、同志っていうのは？」

「贈り物をいただいた後で、おねえさまの話で盛り上がって、すっかり意気投合しました。おねえさまの良さをあそこまで理解しているなんて、歌梨様はとても良い方です！」

えっへんと蝶花が胸を張った。

その時の光景が目に浮かぶ。だから、詳しくは聞かない。

蝶花の歌梨への評価は参考にならなそうだ。

「じゃあ、梓蘭はどう？」

「歌梨様は……人を立てるのが上手く、努力家で、感じの良い方だと思います。あと行動力もある素敵な方と思います」

やっと欲しかった正しい答が返ってくる。

「どこを見てそう思ったの？」

「わたしも初めて挨拶をさせていただいた時の話なのですが――」

そう言って、梓蘭が歌梨と初対面した時の話を始める。

歌梨は会いたい旨の使いを梓蘭に出したのだけれど、ちょうど梓蘭も使いを出していて、行き違いになってしまう。

すぐに使いをやるとまたすれ違いそうで、どうしたものかと梓蘭が悩んでいると、今度は直接、歌梨が橙夕宮（とうゆうきゅう）へ会いに来たそうだ。

まずは挨拶だけでもかまわない、という歌梨を引き留めると彼女が聞き上手、話上手だったのでつい長話になってしまったらしい。

そこで主に話したのは、後宮に来ることになった経緯だ。

梓蘭は邵武の後宮ができる前に引き合わされ、その際に嫌われてしまったこと。

そして、後宮入りしてからも避けられていたこと。

琳麗の化粧でそれが和らぎ、今では普通に接してくれるようになったことを歌梨に話したそうだ。

さすがに皇帝が女性嫌いだということを話すわけにはいかなかったので、その辺りはぼかしたのだろう。

話を聞いた歌梨の方は、梓蘭の努力と美しさを、様々な言葉で讃(たた)えてくれたらしい。

「ご自分の話もしてくださいました。幼い頃に兄との力量の差に愕然(がくぜん)としたけれど、耐えて、その差を埋めるために努力し、今では兄にも負けないと」

これはきっと武力に関してだ。

女性と男性の体格の違いを、身体の使い方や速さで埋めたということなのだろう。やはり、歌梨自体もかなりの武力の持ち主らしい。

そうなると悪女に放った暗殺者という線が復活してしまう。

近頃、鍛錬を怠っていたので今日辺りから再開しようかな。

「だから、わたしの忍耐や努力の素晴らしさがわかると、大げさに褒めて頂きました」

梓蘭が珍しく照れた表情を見せる。

美人の照れ顔は大好物だ。歌梨に感謝したくなる。

ちなみに梓蘭への贈り物は、明るい色の睫(まつ)毛墨で、優しい目元にしてくれる物だった。

色っぽさや艶っぽさではなく、彼女の優しさに着目するあたり、梓蘭をよく見ていると感心する。

「まとめると、悪い人ではなさそうね」

ざっくりすぎるけれど、三人の話を集約して話すと、皆が頷(うなず)いた。

相手をよく観察して求めていること、必要なことを助言している。名家の出でありながら、努力や忍耐を馬鹿にするようなこともなく、見下すようなこともない。

話しやすく、人を立てるのが上手くて、すぐに他人と打ち解ける。

ついでに琳麗への興味も蝶花並だ。

後宮に新しく入る四夫人としては、これ以上ない人材と言えるだろう。

(けど、何だか都合が良すぎるような……)

一抹の不安が頭をよぎったけれど、琳麗は頭を振った。

胆礬(たんばん)の中毒未遂のせいで、過敏になりすぎているだけだ。

琳麗から見ても歌梨は良い人なのだから、少しずつ距離をつめていけばいい。

「みなさん、先にいらっしゃっていたのですね。遅れて申し訳ありません」

結論が出たところで、ちょうど歌梨が茶屋に姿を見せた。

「気にしないでください。皆、今来たところですから」

四夫人の内の三人が集まっているのに、貴妃に声をかけないわけにはいかない。けれど事前に信頼する者からの評判を他の妃嬪（ひひん）から直接聞いておきたかった。

だから、琳麗はわざと遅くなるように歌梨を呼んでいたのだ。

「それならよかったです」

ふふっと口元だけで微笑（ほほえ）み、琳麗に片目を瞑（つぶ）ってみせる。

（うーん、これはばれてるかも）

勘が鋭そうな彼女なので表情などで気づいたのかもしれない。

けれど、非難したり、怒ったりするつもりはないらしい。

「私が来る前は何のお話をされていたのです？」

空いていた琳麗の隣の席に座すると、歌梨が尋ねてくる。

「歌梨にいただいた贈り物の話です」

蝶花辺りが正直に言ってしまわないように、先んじて琳麗が答えた。

「口紅、一番のお気に入りです」

「イタチの筆、とっても使いやすいです！」

「睫毛墨、侍女達にも評判が良くて」

風蓮、蝶花、梓蘭が順番に贈り物の感想を簡潔に述べる。

「三人とも使ってきてくれたのですね。嬉しいです。みなさんとても美しいですよ」

すかさず歌梨が三人の顔を確認して、褒めると、にっこりと微笑んだ。

「そういえば、おねえさまは歌梨様から何を頂いたのです？」

「私は……あっ！」

口にしようとして、気づき、歌梨と目を合わせた。

そういえば、すり替え騒動に気を取られて、代わりの贈り物を受け取っていない。

「申し訳ありません。琳麗様、代わりを手配するのを忘れておりました」

ばつの悪そうな顔で、頭を下げてくる。

「いいの、いいの、歌梨のせいではないのだから」

「そういうわけには……」

首を横に振って、気にしないでと伝える。

それでも歌梨は納得していないようだった。後で何か贈るつもりだろう。

「代わり？　おねえさまの贈り物に何かあったのですか？」

二人の会話に、首を傾げながら風蓮が尋ねてくる。

「……実はね」

伝えるか迷ったけれど、茶会にいる者達は後宮内でも高い地位にあるので、知っておくべきだろう。

驚かずに聞いて欲しい旨を伝えてから、琳麗は一連の事件の話を始めた。

歌梨が用意した物の半数に、他家の妨害があった。

その中でも琳麗の贈り物は、命にかかわる危険な鉱石にすり替えられていたことを丁寧に説明する。

「おねえさまの贈り物にそんなことが……」

「本当に大丈夫でしたか、おねえさま！」

「うん、寸前で気づいたから何ともない。安心して」

「それは何よりでした、琳麗様」

三人ともすぐに琳麗を心配してくれる。

良い友人を後宮で得たと胸が温かくなった。

「琳麗様を危険に晒し、本当に申し訳ありません」

「悪いのは歌梨ではなくて、すり替えた者だから」

実行した者はすでに罰されているわけで、歌梨を責めるつもりはまったくない。

「しかし、誰がやったのでしょう？」

「残念ながら他家としかわからないわ」

歌梨はその後も調べているようだったけれど、今のところどの家がかかわっていたかはわからないようだった。

妃嬪だけでなく、侍女や宦官に至るまで全員の身元を洗うことは難しい。

ただ、少なくともこの場にいる妃嬪の家はかかわっていないだろう。

後宮内で高い地位にいるのに、危険を冒す意味がないからだ。

「だったら、動機は？　何のためにそんな危ないことをするのだろ？」

「後宮が閉じているからでしょうか？」

蝶花が当然ともいえる疑問にたどり着き、口にする。

続いて、察しの良い梓蘭が答えを言ってしまった。

「そうね、後宮に妃嬪を送り込めていない各家が私達を恨んでやっているのかもしれない。

一人でもいなくなれば、補充されるかもと思って」

「そんな……ひどい……わたしたちは何もしていないのに」

風蓮も事の深刻さを知って、口を手で覆って思わず呟いた。

気持ちはわかるけれど、外の人からすれば納得はしてくれないだろう。

「高位の妃嬪でいることが権力の証となってしまっているの。それは今も昔も変わらないのだけれど……出入りがなくなった分、より強く影響している」

全員が黙り込む。

妃嬪にはどうにもできないことだ。

琳麗としても権力なんて欲しくもないし、権力争いなんて非効率、非生産的で馬鹿らしい以外の言葉が出てこない。

「すみません。私が後宮入りしてしまったことが、きっかけを与えてしまったのかもしれません」

謝ってばかりの歌梨に、琳麗は首を横に振った。

「今の後宮は居心地が良くて、好き。けれど……今の後宮の在り方が正しいとも私は思えないの」

琳麗は自分の素直な気持ちを口にした。

蝶花、風蓮、梓蘭、そして歌梨――後宮に残った妃嬪達は性格は違うけれど、気持ちの良い者ばかりだ。

許されるならば、ここで楽しく暮らしていたい。

『お前がこのままの後宮がいいというならば、俺はもう手を出したりしない』

歌梨の後宮入りを聞かされた夜に、邵武から言われた言葉が蘇(よみがえ)る。

あれに琳麗はなぜか反発した。その理由が今になってわかる。

以前、皇太后に言われたように、後宮の本来の役目とは皇帝の跡継ぎ、次の皇帝を作り、育てる場所だ。

それができなければ、国の根底が揺らぐ。

皇帝の座という絶対的な権力をめぐって争いが起きる。

今回のことは、その発端のようなものだろう。

皇帝が皇后を決めず、子を作らないことで、他家が不満を抱き、反発するきっかけを与えてしまっている。

まだ根底が揺らぐほどではないが、その兆候とも言えた。

(今の後宮の在り方は正しくない)

琳麗は自分の言葉を胸の中で繰り返した。

ならば、変えなくてはいけない。もしくは、壊さなければいけない。

だから、邵武に後宮がこのままでもいいと言われた時、違うと感じた。
はっきりさせようとしない邵武に苛立ちを覚えたのだ。
（だったら私は……）
どうして欲しいのだろう。どうしたいのだろう。
後宮を解散して欲しいのだろうか。
邵武に誰かと子を生して欲しいのだろうか。
誰かを皇后に指名して欲しいのだろうか。
それとも――。
まだ自分の中に答えは見つからなかった。

三章　皇帝の悩みと不器用な想い

琳麗が今後の後宮の在り方で悩んでいる中、一つの出来事が後宮を駆け巡る。

お茶会の翌日、思わぬところから訪れた後宮の変化だった。

「おねえさま！　大変、大変です！」

琳麗が朱花宮の房間でゆっくり夕餉をとっていると、四夫人の淑妃でもある蝶花が駆け込んできた。

彼女は、事前に許可を得ずに琳麗の私的な場所まで入ってこられる数少ない仲の良い妃嬪の一人だ。

「毎回言っているでしょう。落ち着きなさい、蝶花」

琳麗は蝶花を窘めた。

彼女の元気溢れる所は魅力の一つではあるのだけれど、物事を大げさに相手へ伝えることが多い。

この間も、呪いで魚にされた人が池にいると、今のように飛び込んできた。

しかし、実際には角度によって魚の頭の模様が人の顔にやや見えるだけで、たいしたことではなかったのだ。

「す、すみません……けど、今回は本当に――」

「夕餉は食べたの？　一緒に食べる？」

提案すると、蝶花が琳麗の膳を遠目にのぞき込む。

「今日は肉丸入りの火鍋ですか⁉　大好物です。ご相伴にあずかってもいいのですか？」

琳麗は頷くと、瑛雪に蝶花の分を用意するように命じた。

侍女達の分だったのだろう。すぐに一人前の料理を載せた膳が運ばれてくる。

今日の夕餉は、唐辛子や生姜をたくさん使った鶏ガラの出汁に、たっぷりの白菜と葱、茸、鶏肉をすり潰して丸くした肉団子を入れて熱々に煮込んだ鍋だ。

「美味しそう、いただきます！」

さっそく蝶花は箸を手に持ち、火鍋に手をつける。

「辛いっ！　でも美味しい！　でも辛いです！」

今日は特別辛めの味付けにしてあったので、蝶花が火鍋の辛みと熱さに、はふはふと息をしている。

琳麗はその可愛らしい姿を、悪女らしくにやりとしながら見守っていた。

「香辛料がたっぷり入っているから、美容にいいのよ」

「そうなんですか。たしかにこれは効きそうです。翠葉宮でも今度作ってみようかな」

蝶花は後宮の流布係みたいなものだから、辛味料理の流行が来るかもしれない。

無くなる前に香辛料は確保しておこう。

用意した火鍋に続いて、甘味として用意した冷やしたびわもぺろりと蝶花の胃袋に消えていく。

年中走り回り、飛び回る彼女だから、これぐらい食べてもすぐ消化できそうだ。

「それで？　何が大変だったの？」

最後に勧めた茶を飲んでいた蝶花に、琳麗は改めて尋ねた。

「あっ、そ、そうだった！　大変なんです！」

「だから、何が大変なのか落ち着いて説明しなさいって」

再度指摘すると、蝶花が真剣な表情になる。

「陛下が歌梨様に伽を命じられたそうです」

「えっ……!?」

琳麗は手にしていた茶碗を思わず落としそうになった。

皇帝が後宮に住む妃嬪に、伽を命じるのは至極当たり前のことだ。

けれど、今の後宮では違う。

琳麗が後宮入りしてからは、琳麗以外が皇帝の寝所に呼ばれることは今まで一度としてなかった。

つまり、他の誰かが伽として邵武の元へ向かうのを琳麗は見たことがない。

「大丈夫ですか、おねえさま？」

「え、ええ……何ともないわ」

黙り込んだ琳麗に蝶花が心配そうに声を掛けてくる。

驚きのあまり息をするのも忘れていたのだろう。

苦しさを覚えて、ゆっくりと呼吸をした。

（後宮入りした妃嬪を、一度だけ寝所に呼ぶのが邵武の決まり。何をするわけでもない）

胸に手を当てて、自分を落ち着かせると心の中で呟く。

琳麗が後宮入りした時もそうだった。邵武は表面上だが、妃嬪への寵愛に差がないようにと必ず一度だけは寝所に呼ぶ。

今回もその決まりに従っただけのことだ。

むしろ今日まで歌梨が伽を命じられなかったのが不思議なぐらい。

「…………」

そう自分に言い聞かせるけれど、なぜか胸の鼓動は治まらない。

居ても立ってもいられなくなる。

「蝶花、行くわよ」

「おねえさま？　行くって、一体どこへ？」

琳麗は立ち上がり、戸惑う蝶花の手を取ると楼のさらに最上階へと向かった。

そこは二、三人が何とか座れるぐらいの狭い房間で、入って正面に後宮を一望にできる大きな窓がある。

琳麗はその窓を勢いよく開け、手すりから身を乗り出した。

四夫人の住まいである楼の最上階に物見を作ったのは、庭を優雅に眺めて風流を味わうためでも、敵襲に備えるためでもない。

どの妃嬪が伽に向かったのか、四夫人からわかるようにだ。

各宮と皇帝の寝所がある清瑠殿への間には視界を遮るような建物は一切ない。そして、楼の最上階の窓は、必ず清瑠殿の方を向いている。

妃嬪達を嫉妬に駆らせ、競い合わせるつもりだったのだろう。これを作らせた数代前の皇帝は、間違いなく意地悪い人物だと思う。

「……いた」

琳麗は思わず小さく呟いた。

視界には蒼月宮から清瑠殿への道を、宦官に先導されて歩く美しい妃嬪の姿が映る。

表情まではわからないけれど、間違いなく歌梨だった。

派手に着飾ることはしていないが、青い生地に銀糸で刺繍が入った綺麗な夜着を纏っていて、夜の帳が降りた中でも月明かりでうっすら輝いて見える。

その様子に鼓動の速さを忘れるほど胸が締めつけられて、痛み出す。

（寝所に行くのを見たところで、どうすることもできないのになぜ見に行ったの？）

自問自答する。

たぶん、自分の目で確認したかったのだと思う。

そして、確認した自分がどう思うのかを知りたかった。

（わからない。でも……痛い）

妃嬪の後宮入りが、自分の後でちょうど途絶えたので、こうした場面を琳麗が見ることは今までなかった。

そして、事あるごとに自分が寝所に呼ばれていたのが、例外だったと気づく。

もちろん、伽をしていたわけではなく、報告と相談をしていたのだけれど、外からはそう見えなかっただろう。

梓蘭のように、本当に邵武を思っている妃嬪は、こんな気持ちを毎回味わっていたに違いない。

(私は……)

邵武にとって自分は、初めは後宮の縮小に使える良い駒でしかなかっただろう。

けれど、それがいつからか変わってきたのは、琳麗も気づいていた。

替えの利く駒が毒に倒れたからといって、皇帝自らが看病するはずがない。

一時の感情だけで唇を奪われたわけではない。

好意もない者を何度も寝所に呼んで、口説いたりはしない。

そのはずなのに……。

(どうなっているの?)

今、邵武は突然、別の女性に伽を命じた。

彼を責められはしない。

邵武が自分に向け始めた好意に応えてはいないのだから、愛想を尽かされて当然のことだろう。

そして、それは琳麗の念願でもあったはずだ。

邵武が自分から興味を失えば、一年後には念願だった市井に戻れる。

実家でのびのびと化粧品の商売に勤しめるはずだ。

(だったら、この感情はなに?)

しかし、今の琳麗の心に喜びはわき上がってこない。

胸に何かが巣くうかのように、蠢いている。

痛みのような何かが定期的に胸を突く。

(まさか……嫉妬?)

琳麗は頭を左右に振って、自分の考えをかき消した。

それではまるで自分が卲武に恋をしていたようではないか。

情は感じていても、愛はなく、ましてや恋なんてあるはずがない。

「おねえさま……」

慰めるように蝶花が琳麗の手に触れてくる。

よっぽど琳麗が動揺しているように見えたのだろう。

「へぇ、伽の時って他の四夫人からこうやって見えていたのね」

強がりだとわかっているし、蝶花にはそれがわかってしまうと思う。

それでも誤魔化さずにいられなかった。

今の感情を認めたくはないから。

「しかし、陛下もへこたれないわよね。宴の席で、歌梨にあれほどきっぱり興味がないって言われたのに」

「そうですね。歌梨様にどう撃退されるのか。楽しみです」

蝶花が合わせてくれる。

気を遣われるのが今はありがたくも、悲しい。

その日、琳麗はいつまでも寝付くことができなかった。


翌日、琳麗が真っ先にしたことは化粧だった。

普段ならば、洗顔に時間を使い、化粧はわからないほどに薄くするのだが、今日は念入りにしていく。

まずは小豆の粉の数種類の生薬から作った物を指で顔に揉み込み、水で綺麗に落とす。

本来は化粧を落とす時の物だけれど、琳麗はこれを洗顔にも使っている。毎日使うことで白い肌になり、肌荒れも防げ、きめ細かくなるからだ。

次に蒸留水と糯米酒と精油を混ぜた液体を、ゆっくりたっぷりと手で押し込むようにして肌に染み込ませ、水分を補っていく。

次からがやっと本格的な化粧の開始だ。

最初に、主に絹雲母で出来ている下塗り化粧液を用意する。

いつもは肌の色の物を使っているが今回に限っては血色が良く見えるように、赤味を帯びた物を使う。

それを目の下に三箇所ほど置くと、薬指を使ってトントンと優しく撫でるように伸ばす。

本来はこれで染みや雀斑も消えるのだけれど、今日はあえて目元だけに使った。

頬には、やはり赤味を混ぜた絹雲母の粉を大きな刷毛でふわりと広げていく。

仕上げに、瞼すれすれにいつもより薄くした油煙墨で線を引いた。

(完成ね)

琳麗は鏡の中の自分の顔に満足した。

目には寝不足で隈ができていて、頬の血色もよくなかったが、いつもと変わらない顔になっている。

化粧していることも気づかれないほどの、自然な化粧だ。

(いいえ、これは誤魔化すための化粧)

自分で訂正して、悲しくなった。

琳麗にとって化粧とは、自分の気持ちを盛り上げ、こうありたいという自分でいるための武器だ。

武人であれば、剣や槍のようなものと同じ。

しかし、今日の化粧は違う。

いつもと違う自分を、他人に悟らせないためのもの。

自らを誤魔化すように化粧をしたのは、琳麗にとって初めてのことだった。

雀斑を消すのとは、心の在り方が違う。

「琳麗様、風蓮様がいらっしゃいました」

「こんな朝から？」

化粧が終わるのを待っていたかのように、瑛雪が報告してくる。

姉妹のように育った侍女の彼女だけは、琳麗の本当の素顔に当然、気づいているだろうけど、何も言ってこない。

「どういたしますか？」

「いいわ、通して」

風蓮は蝶花から昨日の琳麗の様子を聞いているのだろうか。比較的年が近い二人なので、きっと知っているだろう。

(化粧をしたから大丈夫)

いつもと変わらない琳麗でいられる。

自分に言い聞かせて、立ち上がると風蓮を出迎える。

「おはようございます、おねえさま！」

彼女はいつもと変わらないはにかんだ笑みで、朝の挨拶をしてくる。

琳麗も笑顔で返した。

「おはよう、今日は早いのね」

「おねえさま、本日は庭でお茶でもいたしませんか？」

いきなり風蓮がそう切り出す。

昨日の様子を聞いて、気分転換にと考えてくれたのだろう。

妹分の気遣いを無下にはできない。

「いいわね。天気も良さそうだし。昼過ぎぐらいでいい？」

「はい。その時にまたご案内に来ます。茶と菓子は用意しておきますから」

「わかったわ、お願いね」

約束をすると、風蓮がぺこりと頭を下げて去って行く。

その背は嬉しそう。優しくて、とても良い子だ。

彼女が慕うような姉であり続けたい。

琳麗は改めてそう思い、背筋を伸ばした。


昼食を食べてゆっくりしていると、約束通り風蓮が迎えに来てくれた。

彼女に連れられて、今日の茶会の場所まで歩いて行く。

「おねえさま！　こっちです！」

先に来ていた蝶花が、琳麗の姿を見つけて手を振ってくれる。

茶会の場は前回のように屋内ではなく、咲き始めた桜の下に卓をおいて、それを椅子で囲むだけの簡単な場所だった。

まだ散っていないというのに、うっすらと赤い白色の花弁はどこか悲しげに見える。

「琳麗様、ご機嫌いかがですか？」

「上々よ。梓蘭は今日も健康的で綺麗ね」

照れて頬を赤く染めて、梓蘭が微笑む。

琳麗が席につくと、梓蘭が自ら茶を淹れてくれた。

熱くもない、ぬるくもない、丁度良い温度の茶が美味しくて、落ち着く。こういった細かな心遣いは、梓蘭が一番上手だ。

「春の宴は梅や桃ばかりだけれど、桜もいいわね」

「はい、わたし、桜好きです」

琳麗の呟きに、風蓮が同意する。

自由に外出できない妃嬪のために、後宮内には多くの庭があり、様々な花が季節ごとに楽しめるようになっている。

春は牡丹、桃、梅、夏には菖蒲、秋には菊、冬には蠟梅や椿などが咲き誇る。

満開になる時期を見計らって、妃嬪はこぞって茶会や宴を開くのだけれど、春といえば、梅ばかりで、山桜はあまり人気がない。

赤味を帯びた新芽が混じって咲くので、梅のように一帯が花びら色になることがなく、やや寂しい。

けれど、それが可憐な感じがして趣がある。だから、大きな茶会や宴でなく、妃嬪が昼間にそっと楽しむ花ではあった。

今の琳麗には、丁度良かったかもしれない。

これでもかと咲き誇り、美しいを押し売りしてくるかのような花を今は眺める気にはなれないからだ。

「桜の花はとても綺麗なのよね。形も色も」

「ええ。鐘状や枝垂れの桜もあるそうですね。いつか見てみたいです」

幼い頃から後宮にいてほとんど外に出たことがないだろう梓蘭が、琳麗と同じように花を見上げながら呟いた。

山桜以外の桜を探してきて、後宮に植え、その成長を楽しむのも一興かもしれない。

いや、それだと数年は後宮にいなくてはならない。

実家に帰るのが自分の望みではなかったのか。

花を無心で楽しむつもりが、またも答えの出ない考えが頭をめぐり始める。

それを止めたのは、突然かけられた声だった。

「あら、皆さんお揃いですね」

見ると歌梨の姿があった。

昨日、邵武の寝所に呼ばれた彼女だ。仲間はずれにしたわけではなく、琳麗に気遣って、風蓮が呼ばなかったのだろう。

他の皆も姿を現した歌梨を見て、ばつの悪そうな顔をしている。

しかし、それも仕方ないことだ。

余り人気のない桜は、大々的に宴ができる広場の一角ではなく、妃嬪の住まう各宮の近くに、雑に植えてある。

歌梨が通り掛かり、気づくことはそれほど不自然ではない。

「歌梨も一緒にどう？　桜が綺麗よ」

あくまでも自然な様子を装って、琳麗はそう提案した。

ここで歌梨を除け者にするのは、自分らしくない。

それに後宮の雰囲気を壊したくもない。

「よろしいのですか？　では、お言葉に甘えて少しだけ」

歌梨は長居するつもりはないらしい。

単なる散歩ではなく、用事があって外を歩いていたのだろう。

侍女達が素早く彼女の席を用意すると、梓蘭が皆の分もまとめて茶を淹れ直してくれた。

「みなさま、どうされたのですか？　いつもは羨ましくなるぐらい楽しそうにお話しされているのに。今日はお静かで」

誰もおしゃべりしないので、歌梨が不思議に思って尋ねる。

どうしたものかと悩んでいると、蝶花が沈黙を破った。

「そ、その……昨夜はいかがでしたか？」

きっと聞かない方が不自然だと思ったのだろう。

蝶花が思いきって、寝所でのことを彼女に尋ねる。

「昨夜？　ああ、清瑠殿に呼ばれたことですか？」

うんうんと蝶花が頷く。

歌梨が次に何を言うのか、琳麗も含めてその場にいた全員が注目した。

「まったく、陛下にはがっかりでした」

ため息をつきながら、歌梨がそう答える。

（……がっかり？）

真意が読めない。琳麗は思わず首を傾げてしまった。

「それは……陛下をやり込めた、ということでしょうか？」

四人を代表して、蝶花がもう一度問う。

歌梨は邵武に興味がないと以前に言っていた。

だから、伽に呼ばれてもその立場を貫いて、拒絶したのだろうか。

少し安堵して、それならなぜ呼んだのだろうと邵武に苛っとする。

「やり込める？　陛下にそのような無礼はしませんよ。正直にお答えしました。がっかりしたのは、伺ったお話についてです」

ちらりと歌梨が琳麗を見る。

歌梨の言葉は一体どういう意味だろうか。

何かを聞かれて、正直に何を答えた？

自分の妻になるつもりはないのか、とかだろうか。それに対して歌梨ががっかりしたという話は……何だかちぐはぐな気がする。

「もう少しくわ――」

「ごめんなさい。これから兄と会う約束をしておりまして。これで失礼してよろしいでしょうか？」

蝶花が詳しいことを聞き出そうとしたと同時に、歌梨が席を立つ。

「どうぞ、気にしないで」

琳麗が慌てて許可すると、歌梨が笑顔で去って行く。

昨夜に皇帝の寝所で起こった謎だけを残していった。

これでは四人とも無言で茶を口に運ぶしかない。

いくら考えても、歌梨が邵武の何にがっかりしたのかわからなかった。

今から歌梨を呼び戻して確認するわけにもいかない。

すると、さらに驚くべきことが起きた。

「徳妃様、このようなところにいらっしゃったのですね」

琳麗達を見つけて、ゆっくり近づいてきたのは一人の宦官だった。

「玉樹様？　わたしに何のご用でしょうか？」

呼ばれた梓蘭が尋ねる。

玉樹は宦官は宦官ではあるけれど、邵武の右腕とも呼ばれている切れ者で、皇帝の側近の一人だ。

彼が捜していたということは、邵武から何かしらの伝言や命があるということになる。

琳麗が知らないだけかもしれないけれど、梓蘭に彼が用があるのは珍しいことだ。

「今夜、清瑠殿へ来るようにと、陛下が命じられました」

「……えっ？　わたしにですか？」

本当だと思えなかったのだろう。

梓蘭がぽかんとしてから、玉樹に聞き返す。

「はい。たしかに徳妃様をとのお言葉でした」

「わ、わかりました」

返事をすると、玉樹は琳麗達の前から去って行く。

梓蘭は相変わらず信じられないようで、呆然としていた。

驚いている様子を見るに、彼女も他の妃嬪同様、一度しか寝所に呼ばれたことがなかったのだろう。

「……どうしましょう」

「落ち着いて、いつもの梓蘭なら大丈夫」

おめでとう、とまでは言えなかったけれど、彼女の背中を押した。

梓蘭が邵武のことを昔から想(おも)っていたのは知っている。

化粧が濃くて避けられていたのを、自然な化粧にして彼に近づけるようにしたのは、紛れもなく琳麗だ。

だから応援はしたい。したいのだけれど……。

「準備がありますので、わたしはお先に失礼させていただきます」

梓蘭は未(ま)だ信じられない顔をしながらも、橙夕宮(とうゆうきゅう)に戻っていく。

(歌梨に続いて、梓蘭まで伽に?)

邵武はどういうつもりなのだろう。

後宮の本来あるべき姿ではあるのだけれど、突然の変化に琳麗は戸惑っていた。

本来の化粧ではないせいもあって、ぐるぐる答えの出ない考えだけが回る。

「これはきっと何かあるわ！」

「何かって、何でしょう？」

「それがまだわからないから、何かなの！」

蝶花と風蓮がなにやら言っているけれど、琳麗の耳には届かない。

そして、驚くべきことにこれで終わらなかった。

翌日には蝶花が、翌々日には四夫人でない風蓮までが寝所に来るよう命じられたのだ。


蝶花が呼ばれた翌日、すでに風蓮が今夜、清瑠殿に来るよう命じられたことが後宮内に知れ渡っていた。

「おねえさま、これが新作です。どれにしましょうか？」

琳麗は鬱々としながらも、日常を送っていた。

今日は次に商人に渡す書をどれにするか、蝶花と選んでいたのだ。

床には蝶花の物だけでなく、彼女の指導を受けた妃嬪が書いた書も並ぶ。

（次は誰だろう？）

後宮には四夫人だけでなく、優秀な妃嬪達がたくさんいる。

四夫人の後は、九嬪の一人昭媛である風蓮を呼んだということは、邵武はすべての妃嬪をもう一周するつもりなのだろうか。

一体何のために？　やはり妃嬪を平等に扱うため？

考えば、考えるほどわからない。

「これなんか自信があるのですが……おねえさま？　聞いてますかー？」

「ごめん、ごめん。これ、いいと思う。涼やかで、しなやかで」

慌てて近くにあった書を指して言う。

しかし、そこに書かれていたのは、力強く躍動するような〝竜虎相搏〟という文字だった。

実力が拮抗する二人の英雄が対峙するという意味で、まったくもって琳麗の言葉とは正反対だ。

「はぁ……おねえさま、今日は一日中うわの空のようですね」

蝶花にため息をつかれてしまう。返す言葉もない。

「梓蘭様や私、そして今日は風蓮が、清瑠殿で陛下と何をして、何を話すのか気になってしかたないのですよね？」

「…………」

その通りなのだけれど、妹分の彼女から言われ、はいそうだとは言えなかった。

今日は蝶花とずっと一緒にいるのに、昨日の寝所でのことを聞けていない。

「まったく、陛下のことになるとおねえさまは急に弱気になるんだから」

蝶花が「もう仕方ないな」と呟きながら、立ち上がる。

「さあ、行きましょう」

「行く？　行くってどこへ？」

彼女に腕を掴まれ、立ち上がらされる。

「もちろん、清瑠殿です！　その目で確認してください！」

「えぇっ!?　そんなの駄目でしょう」

清瑠殿に足を踏み入れていいのは、皇帝から許された者だけだ。

見つかったら斬首もので、妃嬪が忍び込むなんて前代未聞のことだろう。

「大丈夫です。こうなると思って、姉思いの妹はすでに根回し済です。風蓮には話してあります」

風蓮に、琳麗が盗み聞きすることの許可を取ってあるということだろうか。

普通なら断りそうなことだけれど、本当だろうか。

「さあ、まずは準備です。おねえさまはいつもの化粧をしてください。もちろん、悪事を働くので悪女の方のやつです！」

「わ、わかったわ」

蝶花が魅力たっぷりの笑顔で告げる。

琳麗はいつにない彼女の圧に負けて、化粧台に向かった。


夜半になり、風蓮が清瑠殿に向かったのを確認すると、琳麗と蝶花もその後を追う。

なるべく目立たない地味な色の衣を纏い、闇に紛れながら皇帝の寝所に向かって歩いた。

風蓮が歩くのは、硝子や綺麗な色の石で舗装された各宮から清瑠殿までの特別な道だが、琳麗達は違う。

途中途中にある明りのついた石灯籠を避けながら、清瑠殿と各宮にある庭を歩く。

月明かりはあるけれど、足下は暗い。大小様々な草木が植えられていて、それを避けながらになるので、思ったよりも大変だった。

「本当に大丈夫なの？　こんなことして？」

琳麗は横を歩く蝶花に尋ねた。

悪女風の化粧をしたので、うじうじと一人で考え込むことだけはしないで済む。

「さあ?」

「ちょっと、話が違うじゃない!」

「しー、おねえさま、お静かに」

てっきり清瑠殿の警護をする宦官辺りにも話が通してあるのかと思ったけれど、蝶花はそこまでの手回しはしてないようだ。

これでは見つかったら、どんな罪に問われるかわからない。

「おねえさまなら、捕まってもちょっとした罰で済みますって。それには自信があります」

蝶花は胸を張って言うが、根拠のない自信としか琳麗には思えない。

邵武は、決まり事には厳しい性格だ。

「でもこうして、自分の目と耳で確かめないとおねえさまの気持ちが晴れないでしょう?」

「それは……まあね」

蝶花の言う通り、伽(とぎ)に命じられた者に、邵武と話をしただけで何もしていないと言われても、今の自分は納得しないだろう。

相手が後宮を牛耳る悪女に気を遣っているかもと考えてしまう。

「約束して。もし、見張りに見つかっても蝶花は必ず先に逃げるのよ。私なら捕まっても何とかなるから」

「わかりました。おねえさまの言う通りにします」

反発するかと思ったけれど、蝶花は素直に返事をしてくれた。

忍び込むことに心配ではあるけれど、自分は今までの後宮への貢献を材料に交渉すれば、大きな罰にはならないだろう。

しばらく足下に集中して歩いていると、清瑠殿を取り囲む回廊に行き着いた。紫紺(しこん)色の二重櫓(にじゅうやぐら)の屋根が、今日も月明かりの中で輝いている。

(風蓮は……)

辺りを見回したけれど、風蓮や案内役の宦官の姿はなかった。

遠回りな上に歩きにくい庭の中を歩いたので、先に行かれてしまったのだろう。

もう一度警戒するも、辺りに人の気配はない。

迷うことなく琳麗は回廊の手すりを外から摑むと、思い切り地面を蹴って身体(からだ)を浮かせ、清瑠殿に侵入した。

「さすがおねえさま」

蝶花が小声で賞賛の声を上げると、琳麗と同じように手すりを飛び越える。

「こんなに簡単に侵入できていいのか、これはこれで不安になるわね」

「まあ、普通の妃嬪は飛び越えたりしないですから」

そもそも武器や人の出入りを厳しく制限している後宮側の清瑠殿の警備には、あまり人を割く必要がないのかもしれない。

後宮からの道に続く小階段さえ見張っていれば、まず問題ないのだろう。

「えっと寝所は……」

「こっちよ」

琳麗は蝶花の手を取り、足音を立てないようにして回廊を進んでいく。

清瑠殿は、皇帝の寝所だけがある建物ではない。

皇帝の私的な住まいであって、そこには幾つもの房間（へや）がある。

しかも、侵入者を惑わすために中の構造はわざと複雑なものになっていた。

初見だと、来た道を戻ることも難しい。

しかし、何度も寝所に呼ばれたことのある琳麗は、大体の道順を自然と記憶していた。

さすがに前に市井へお忍びで出た際に使った、清瑠殿を通って後宮の外へ出る道までは覚えていないけれど。

途中、見張りや案内の宦官に出くわさないように注意しながら、回廊を南に進んでいく。

見覚えのある、二匹の龍が彫られた木製の扉にすぐ行き着いた。

「ここよ。風蓮は……もう居るようね」

扉に耳を当てると、中の様子を窺う。

蝶花も琳麗と同じように顔を扉に押しつけた。

今度は中からはっきりと声が聞こえてくる。

「わたしを呼んだのは、一体どのような意図でしょうか？」

「緊張しなくていい。楽にしろ」

中の声が聞こえ伝わってくる。紛れもなく風蓮と邵武だ。

まだ彼女は寝所に着いたばかりのようで、互いの声は少し離れて聞こえる。

「私の可愛い風蓮を、もし泣かすようなことをしたら許さない」

「おねえさま、おねえさま、趣旨が変わってますよ」

つい可愛い妹を心配する姉になってしまった。

蝶花に指摘され、黙って扉の奥に聞き耳を立てる。

「お前に何かをするつもりはない。指一本、触れるつもりはない。もし、そこに期待させたのだったらまず謝ろう」

「いいえ、存じていますから、ご心配は無用です」

どこかたどたどしく、幼さの残るいつもの風蓮と違って、凛(りん)とした返答をしている。

妹の成長が見られて、これほど嬉(うれ)しいことはない。

「……んっ、ごめんごめん」

蝶花から肘で突かれる。

姉然とした反応が顔に出ていたらしい。さすが琳麗の一番の妹だ。

もう一度気を引き締める。

「そうか、他の者に聞いているのならば話は早い」

邵武が、やけに間を空ける。

いきなり妃嬪を順番に寝所へと呼ぶようになった理由が聞けるのだと思い、緊張しながら次に聞こえてくる言葉を待つ。

「お前は、俺が琳麗と上手(うま)くやるにはどうすればいいと思う？　事あるごとにへそを曲げられ、困り果てている」

（……は？）

　まさかここで自分の名前が出てくるとは思いもしなかった。

「いや、私は別に事あるごとに――」

「おねえさま、しー！」

声を上げそうになったところを蝶花に口を塞がれる。

「はぁ……それは大変ですね」

寝所の中からは、風蓮の戸惑うような声が聞こえてきた。

蝶花から聞かされてはいたけれど、いざ本人から言われるとどうかと思うし、返答に困るといった様子だ。

「おねえさまは、変なところで頑固ですから。あまりにしつこすぎるのは、逆効果だと思います」

しつこいのはたしかに嫌だけれど……。

頑固という自覚は皆無だ。

「やはりそうか。他の妃嬪達も同じような意見だった。ならば、どうするべきだ？」

(皆の意見も同じなの⁉)

自分の話に、一々つっこみせずにいられない。

「お言葉ですが、ご自分で考えられた方がよろしいかと思います。もしおねえさまに、聞いたことをそのまま実践したと知られたら、もっと腹を立てられてしまいませんか？」

そこは風蓮の言う通りだ。

いくら困っているからと、他の女性の意見をそのまま採用して機嫌を取るなんて、ちっとも嬉しくない。

その人が相手を思い、考えてくれた行動や言動にこそ心が動かされるというものだ。

「むっ……お前の意見はもっともだ。では、俺が考えていることが間違っているかの助言だけでもくれないか？」

「そのぐらいでしたら、よろこんで」

そこまで聞いて、琳麗は扉から耳を離した。

これ以上は自分が聞かない方がいい気がする。

蝶花と共に扉を少し離れる。

「陛下はこれと同じことを梓蘭と蝶花にも？」

「はい、わたくしの時もあの調子でしたわ。本人に聞けばいいのに！」

蝶花がぼやく。まったくもってその通りだ。

こんなやり方は、心をかき乱されるだけなので勘弁してもらいたい。

けれど、他の妃嬪と話をしていただけのようで、安心した。

しかも、琳麗のことをだ。

（邵武が私のことを……）

ここまであたふたして、思ってくれているのは、嬉しい。

胸の奥がじわりと明るく、温かくなっていく。

手段は大いに間違っているとつっこみはしたいけれど、次は優しくしてあげよう。

「誰かそこにいるのか？」

真相を知って安堵していると突然、暗闇から声がした。

見張りの宦官だろうか。まだ少し距離はあるようだ。

慌てて二人で柱の陰に隠れ、しゃがみこむ。

「蝶花はここに隠れていて、隙を見て翠葉宮に戻るのよ」

「おねえさまも――」

「約束したでしょう」

蝶花が一緒に行こうと言ってくれるが、首を横に振って拒否した。

迷っていると、二人して捕まってしまう。

琳麗は思い切って柱の陰から飛び出すと、わざと足音を立てるようにして走り出した。

「そこか、待て！」

見張りらしき者の声が聞こえ、すぐに追ってくる。

（完璧に釣れたわね）

これで蝶花の方は安全に逃げられるだろう。このまま琳麗も見張りから逃げてしまえば何の問題もなくなる。

今度は足音を殺しながら、全力で逃げる。

市井にいた頃、実家が新興の商家ということで襲撃や誘拐が日常茶飯事だった。だから、護身術を習っていたし、逃げ足には自信がある。

「えっ……うそっ!?」

単なる野盗なら捕まらない速さだったはずなのに、見張りの足跡は距離を詰めてくる。

後宮にいる宦官など、たいしたことはないと高を括っていたのが、裏目に出た。

「捕まえたぞ。もう逃げられない、観念しろ」

あっという間に琳麗は手首を掴まれてしまった。

(こういう時は!)

掴まれた腕の方の手首を開くと、相手に巻き付けるようにして外側に向けて小さく回す。

すると相手の腕が捻られて、手を握っていられなくなる。

これも野盗から身を守る護身術の一つで、琳麗が何度も経験しているので手慣れているはずだった。

(はっ?)

しかし、相手は腕を捻られる前に素早く琳麗から手を離し、すぐに摑み直す。

「っ……！」

もう一度やってみたが、やはり同じことの繰り返しだ。

手慣れた琳麗の速さと無駄のない動きにしっかりと対応できている。こんなに腕の立つ宦官がいるなんて、思いもしなかった。

皇帝の寝所を見張っているのだから、本来はそうあるべきなのだけれど、後宮側に配置するには人材の無駄使いな気がする。

(これは駄目ね)

琳麗は抵抗をやめて、潔く諦めることにした。

今のやりとりをしただけでも、この相手には自分が敵う気がしない。

何というか、動きに無駄がなく、重心の揺れもまったく感じないのだ。これでは力で劣る琳麗には何もできない。

「降参、降参します」

摑まれていない方の手を上げて、白旗を上げる。

「暇だからもう少し相手をしてもよかったのに。骨のない賊だ」

相手を捕まえたというのに、残念そうな声が聞こえてくる。

（んっ？　この声……）

どこか聞き覚えがある。

「さて、どんな顔をしている？　好みなら俺の恋人にしてやっても――」

男が手持ち用の灯籠(たんろん)を持ち上げて、琳麗の顔をのぞき込む。

当然、琳麗からも相手の顔が見えた。

「琳麗!?」

「麟遊(りんゆう)様!?」

二人同時に互いの名前を呼ぶ。

まさか清瑠殿の見張りが武官として名高い邵武の従兄弟(いとこ)で、歌梨の実兄である麟遊だとは思わなかった。

琳麗が彼と会ったのは、宴(うたげ)の席以来だ。

そもそも後宮に嫁を探すために来ている麟遊の存在自体をすっかり忘れていた。

思い返せば、歌梨が昨日『これから兄と会う約束をしておりまして』と言っていたではないか。

あれは麟遊が清瑠殿に滞在しているから、ということだったのだろう。

「どうしてここに？」

「なぜここにいる？」

　またしても同時に声を発する。

　どうしたものかと黙っていると、麟遊が先に口を開いた。

「邵武に後宮に出入りさせろと迫ったのだが、却下された」

　当然だろう。後宮は皇帝と宦官以外の男性が入ることを固く禁じられている。

「何か仕事をしてもかまわないと食い下がったら、こうなった」

　麟遊が頭の後ろをかきながら話す。

　一応後宮には入れるが、普段は妃嬪が近づけない清瑠殿の見張りを任せたことで、女性達と接点はほぼ持てない。

　しかも麟遊は真面目だから仕事はする。

　邵武らしい、よく考えられた、分からず屋の武官への対処法だった。

　しかし、まさかその麟遊に自分が捕まるとは……。

「ほら、言ったぞ。次はお前の番だ」

「…………」

　顎で話せと言われるけれど、どこをどう話すべきだろうか。

「他の妃嬪が邵武と何を話すのか気になったの」

悪女らしく敬語もやめ、斜に構えて答える。

適当に誤魔化すことも考えたけれど、彼は勘が鋭そうなのでやめておいた。

「なんだ、嫉妬か」

「ちがっ……わないけど」

否定したかったけれど、自分の言動と行動を客観的にみれば、そうとしか思えないことに気づいてしまった。

「ははっ、さすが悪女と言われてるだけあるな。浮気には厳しいか」

「何がおかしいの？」

琳麗の行動を知った麟遊が喜んでいるのが、理解できない。

「違う、俺は嬉しいんだ。骨のある、惚れがいのある女に出会えたことにな」

にっと笑って、琳麗を見る。

優れた武官らしいけれど、性格はひん曲がっているのではないだろうか。

「男性なら淑やかで、大人しい美人が好きなのでは？」

それこそ梓蘭のような女性が、大多数の男性の好みだろう。

「俺は妻に従順さを求めない。人形などいらないからな」

「ではどのような方が？」

逃げる隙を窺いながら、琳麗が話を促す。

「俺の正面に堂々と立ち、反論してくるぐらい気概のある女がいい。気に入らないことがあれば頬を叩いていい。浮気をしたら遠慮なく後ろから刺してくれてかまわない」

言い方はどうあれ、麟遊の言葉には一理あった。

女性だからと、夫を立てる必要もないし、不満を溜め込むこともない。言いたいことは言うべきだし、怒ったら行動で示すべきだ。

そういった意味では、麟遊は琳麗にとっても良い相手かもしれない。

けれど、とても自分が彼に惚れるとは思えなかった。

「琳麗、あんな真面目不器用ではなく俺にしておけ」

ここぞとばかりに麟遊が琳麗の身体を引き寄せ、口説いてくる。

それを絶妙の間で、とんと彼の胸を押して逃れた。

これ以上の距離は意地でも詰めさせない。

「先ほどの言葉に共感はできるけど、貴方は私の好みではないわ」

ばっさりと切り捨てる。

「なぜだ？　理由を言え」

「自由な女性がいいと言いながら、貴方がしているのは相手の気持ちを無視し、抱き寄せ、妻になれと迫ることじゃない」

結局、女性のことを考えてはいない。自分本位でしかない。

「貴方は簡単に屈服しない相手が欲しいだけなのでしょう？」

そこにはまったく共感も、理解もできない。

恋や愛は遊びではないからだ。

「俺は……」

一歩距離を詰めようとする麟遊を琳麗は鋭い視線で制した。

それこそ、無理やり手込めにしようものなら、舌を噛む気勢でだ。

今度は、麟遊が怯んで動きを止めた。

「なら、琳麗は夫となる相手に何を求めるんだ？　答えろ」

さすがに彼も侮辱されて頭にきているのだろう。

静かではあるけれど、怒気を帯びた声で琳麗を問いただす。

「求めることはしないわ。ただ、あるのは相手への想いだけ」

ずるい答えかもしれないけれど、今の琳麗にはそうとしかいえなかった。

相手に何かを求めている時点で、そこには打算や後悔が生まれてしまう気がする。それは生涯共に歩もうとする者にしてはいけない。

「邵武をお前が想っているということか？　俺にはもうその機会はないと」

ここで「はい」と言ってしまえば、もう麟遊につきまとわれなくて済む。

けれど、安易にそれを口にしてはいけない気がした。

一度嘘をつけば、本当になっても、自分を疑ってしまうからだ。

きっとこの答えを口にできるのは、相手の前だけ。

「わからないから、こうして足掻いているの」

「そうか。わかった」

琳麗の言葉を納得したかはわからないけれど、麟遊はもう近づいてはこなかった。

そっと背を向けて、清瑠殿の方へと一人歩き出す。

「琳麗はやはりいい女だ」

「当たり前のことでしょう」

彼の背中はすぐに闇夜に溶けた。

麟遊の性格からして、今日のことを告げ口することはないだろう。

ひとまず今日のことが露見することがなくなり安堵する。

しかし、そろそろ自分の気持ちを決める時期に来ていることを、琳麗は思い知らされた。

※　※　※

風蓮を寝所に呼んで助言を受けた翌日、邵武は行動に移すことにした。

皇帝が主催する茶会を開くよう宦官に指示する。

場所は梓蘭の勧めで月季花（げっきか）が咲く庭に天井と地面にだけ天幕を設置した、小規模なものとした。

月季花とは別名薔薇（そうび）とも呼ぶことがある。近頃栽培が始まった花で、蔓（かずら）や茎に棘（とげ）を持ち、真っ赤な花びらが幾重にも重なって咲くのが特徴だ。

見た目だけでなく、香りもいい。

上品なその香りは心が落ち着くと、女性にとても人気がある。

まだ満開とはいかないが、今年は早めに咲き始めたそうでまだ誰も茶会や宴を開いていないらしい。

きっと琳麗も気に入ってくれることだろうとのことだった。

参加者は琳麗と、茶会が不自然でないように上級妃嬪だけを呼んだ。

そして、今回の茶会の触れにはこう一言だけ付け足してある――妃嬪達は大いに美しく着飾ってくること。

邵武が化粧の濃い女性を好まないことは、琳麗の周囲を中心に一部の妃嬪には伝わってしまっている。

しかし、事前にこう触れを出しておけば、皆、厚めの化粧をしてくるだろう。

この思惑には、琳麗も含まれている。

「陛下、そろそろ茶会の時間です」

「わかった。行くぞ」

清瑠殿で執務をしていた邵武は、側近の玉樹を従え、後宮の庭に向かった。

途中、仕事中の麟遊を見かけたが声はかけない。そろそろ奴は交代の時間だし、茶会についてきて、引っかき回されては敵わない。

「楽にしてくれ」

茶会の会場に着くと、妃嬪達が一斉に立ち上がった。邵武はそれをすぐ手で制する。

素早く確認すると、琳麗も邵武の席のすぐ横にいるし、妃嬪達は気合を入れた化粧をしていた。

「集まってくれたことに感謝する。今日は、月季花を愛でながら、皆と話したいと思う」

主催の邵武の挨拶で茶会が始まる。

妃嬪達の前へ、侍女達が一斉に茶と菓子を運んできた。

「菓子の中からも月季花の香りが」

さっそく菓子に手をつけた琳麗が驚きの声をもらす。

今日の茶菓子は糯米の粉を練って丸くした中に、月季花の花びらをつぶして砂糖を加えて煮詰めたものを入れ、さらに揚げてあるものだった。

食べれば月季花の香りを身体の中にも味わえるという代物だ。

これは風蓮の助言だった。琳麗は菓子が好きで、特に新しい物が好きだ。

花見をする花で創作菓子を作れば喜ぶだろうとのことだった。

「どうだ？　菓子は気に入ったか？」

「え、ええ……」

琳麗が控え目な返事をする。

「俺の分も食べていいぞ」

「……遠慮しておきます」

（んっ？）

何だかいつもの琳麗と違う気がする。

あの会話だと「陛下にしては上出来です」ぐらい言ってくるものだ。

菓子の追加も遠慮してくるし、どこかよそよそしい。

「…………」

「……っ！」

琳麗の様子をじっと窺う。目が合うと、さっと逸らされた。

（すでに俺はどこかを間違えたのか？）

しかし、今さら策を変えるわけにはいかない。

一にも、二にも、褒める。

「久しく日の光の下で、お前の顔をみたな。見事なものだ」

「えっ!?　あっ、ありがとうございます」

（素直に礼を言われた、だと？）

褒めた邵武自身が驚く。

普通なら「いつもは顔を見ていないのですね？」ぐらいの皮肉を言ってきそうなものだ。

そして、琳麗はやはり視線が合わないように下を向いていて、表情が読めない。

これは困った。

「そういえば、陛下は皆が化粧をしていても、大丈夫なのですか？」

どうしたものかと悩んでいると、今度は琳麗から話をしてくる。

彼女は邵武と会話をしたくない、というわけではないようだ。

だったら、視線を避けるのは何のつもりなのだろう。

「お前の化粧を好ましく思うようになってから、他の者も気にならなくなっていた」

用意してあった返答を口にする。

「それは、陛下にとっても、妃嬪にとっても良いことです」

「そうか。今では化粧に敬意を払っているし、化粧を見るのも楽しく思えてきた」

「そこまで……」

驚いてこちらを見るも、やはりすぐに顔を背ける。

しかし、邵武は褒め続けた。

「化粧を知ることは琳麗を知ることだから、もっと知りたいと思うほどだ」

「恐れ、多い言葉です」

どうにも今日の琳麗は歯切れが悪い。いつもの生意気な返答がない。

(これでは話が違うではないか)

邵武は寝所で妃嬪達から聞いた助言を思い浮かべた。

『素直な言葉で伝えれば良いのではないですか』

『雰囲気も大事だと思います。そうすれば琳麗様も素直になります』

『おねえさまといえば、化粧です。化粧に敬意を払ってください』

『おねえさまは褒めに弱いです。褒めて、褒めて、褒め尽くしてください』

歌梨、梓蘭、風蓮、蝶花から琳麗攻略の糸口をそれぞれもらった。邵武はそれらを加味し、今回の茶会を開き、会話したつもりだ。

けれど、どうもいつもの琳麗と違っていて、上手く事が運べていない。

目さえ合わそうとしないのに、どう今後のことを話せばいいのだろう。

(今回はできるだけ機嫌を取るだけにして、またの機会にするか)

その後も邵武は、琳麗を褒めることに徹した。

結局、茶会は何事もなく終わった。

終わってしまった、というのが正しいだろうか。

琳麗は終始、こちらを見ようとしない。しかし、語りかければ答えるといった様子で意味がわからない。

怒っているようには見えないし、前回での寝所でのことや、親しい妃嬪に伽を命じたことでへそを曲げているというわけでもなさそうだった。

眉間に皺を寄せながら清瑠殿に戻る。

今日に限っては、琳麗以上の毒舌家である玉樹も何も言ってこない。

(まったくわからない)

これでは思惑が前に進まず頭を抱えるばかりだ。

執務を行う房間に戻ってくると、大きく頑丈な椅子に身体を預ける。

すると突然、音もなく、目の前に新たな気配を感じた。

「麟遊か」

　おそらく、他者に気づかれないようにここへ忍んでいたのだろう。

　つまりは誰にも聞かれたくないことがあるということだ。

「玉樹、下がっていろ」

「畏まりました」

　相手が麟遊だからか、玉樹は素直に房間から出て行く。

「本気になった」

「ついに暗躍していた家が動き出したのか？」

　思わず身を乗り出す。しかし、麟遊は首を横に振った。

「ならば、どこが本気を出してきた？」

「俺だ」

　思わず「はあっ？」と言わずにいられない。

　こいつは何を言っているのだろう。

「琳麗だ。彼女に惚れた」

「駄目だ！　彼女はやれん。他の妃嬪にしろ！」

　麟遊の告白を、邵武はすぐに却下した。

「彼女は後宮に収まっているような女ではない」

「それは……俺もわかっている！」

邵武とて、閉じ込めておきたくはない。

ただ、籠から出せば、そのまま手の届かないところまで飛んで行ってしまいそうなのだ、琳麗という悪女は。

「だから俺に寄越せ。幸せにしてやる」

「彼女を皇后にすることは、きちんと考えてある」

後宮について、まだ琳麗には話していないことがあった。

今の後宮がこのままでいいとは邵武も思っていない。

いずれは後宮を再度開き、新たな妃嬪を受け入れて皇子を生すか、皇后を指名して後宮を解散するかのどちらかが必要だろう。

もちろん、邵武としては後者を考えていた。

琳麗と、琳麗と仲の良い妃嬪だけを残して、後宮をさらに縮小していく。その間に琳麗をどうにか説得し、皇后にして後宮を解散するつもりだった。

相応しい皇后さえ置ければ、後宮を解散しても問題ない。子が授からなければ、新たな后の位を設けることにはなるが、大勢の妃嬪はいらないだろう。

側室を置くにしても、皇后の意向を反映できる。

梓蘭、蝶花、風蓮への伽の命は、琳麗への助言をもらうだけでなく、後宮の処遇についての協力をもらうためでもあった。

歌梨を呼んだのは、後宮の慣習に見せかけ、本当の意図を隠すためだ。

伽に一年間呼ばれなかった者は、後宮から出すことができる。つまり、これから誰も呼ばなければ、四人だけが残ることになる。

邵武はそうして琳麗の都合の良い後宮にしつつ、ゆっくり皇后に口説くつもりだった。

「皇帝が一人の女に振り回されるなど、許されるものか」

痛いところをつかれた。

麟遊は武官として皇帝の重臣の一人であり、国を担う一人であり、皇族の一員でもある。

皇帝の裏も表もよく知っている。

「このぐらいの我が儘は許せ」

「綺麗事ばかりでは上手くいかないのは、一番わかっているだろう」

主として臣下に命じる形を取ったが、麟遊は動じなかった。

彼の実直な性格も、こうした時ばかりは厄介だ。

「ここまで理想を追ってのんびりしすぎた、時間がない」

時間という言葉に邵武は反応した。

（やはり、そろそろか）

「琳麗は無理やり、自分の物にはできない女だとわかっているだろう。もう時間切れだ」

麟遊の言う通りだ。

時がないからと強引に事を進められれば、琳麗はおそらく自分の側から去って行く。

「それでもお前には譲らない！」

睨みつけると、麟遊も返してきた。

「本当に俺の首を取って、お前が皇帝になってみるか？」

しばらく皇帝と武官という立場を忘れ、本気をぶつけ合う。

意外にも、先に折れたのは麟遊の方だった。首を横に振る。

「役目に戻る」

それだけ言うと麟遊は房間から出て行く。

まったく勝手なやつだ。憎めないのがまた厄介でもある。

（急がなければ）

琳麗を皇后にすることを、邵武は諦めるつもりなど毛頭なかった。

四章　連れ出されたのは宝が眠る川

月季花での茶会の翌日、琳麗は予定をすべて取り消した。

化粧をせずにぼんやり顔で、後宮の庭をとぼとぼと歩く。

午後、琳麗が向かったのは色鮮やかな草木が咲き誇る庭園でも、静かで凜とした景色の池でもない。後宮の南側の端、植物はほとんど植えられておらず、掃除以外で人は滅多に訪れない一角だった。

楕円に研磨された大きめの石が乱雑に埋められ、その間に小石がばらまかれているだけの場所だ。雑草さえ見えない。

「はぁ、やっぱりこれが一番落ち着く」

敷石として置かれた御影石に腰を下ろす。

ここは後宮へ来たばかりの頃に見つけた、琳麗のお気に入りの場所だった。

白や銀、灰、黒といった数種類の色が複雑に混じり合った表面を見ていると、心を無にできる――はずだったのに。

『お前の化粧を好ましく思うようになってから、他の者も気にならなくなっていた』

『今では化粧に敬意を払っているし、化粧を見るのも楽しく思えてきた』

『化粧を知ることは琳麗を知ることだから、もっと知りたいと思うほどだ』

少しでも気を許すと、茶会での邵武(しょうぶ)のおかしな言動が思い出されてしまう。

あれではまるで琳麗に歩み寄ってきて、真剣に口説いているかのようだ。

「ありえない、ありえない」

首をぶんぶんと横に振ると、琳麗は自分に言い聞かせた。

彼は琳麗が便利で利用しやすいので、後宮に残って欲しいから言っているだけだ。決して、本気で好意を抱いてなどいない。

騙(だま)されては駄目だ。

「市井に戻って化粧品の商売を続けるのだから」

でも、後宮でも商売はできるわけで、実際には新しい化粧品の研究もしていて、周りにはそれを試すのに絶好な美人の素材がたくさんいる。

「じゃ、なくて。いいかげん私は市井に戻るの」

そもそも四夫人を二人にしたら、後宮から出してもらう約束だった。それをあれこれ理由をつけて反故にしたのは邵武だ。

その後、蓉羅と交わした約束でも後宮からすぐに出ることを最初は望んでいた。

しかし、条件だった〝十夜連続、同じ妃嬪を皇帝の寝所に通わせる〟ことを自身で達成した時、違うことを望みとして口にしていた。

（あれは単なる気の迷いで。あのままいなくなったら後味が悪かっただけ）

後宮に居続けることを否定しようとすれば、肯定する気持ちが次に出てくる。

昨夜からその繰り返しだった。

どうして、自分はこうも邵武に心を乱されてしまっているのだろう。

それに答えが出せれば、素直になれるだろうか。

「こんなところにいたのか」

穏やかな邵武の声が聞こえた気がした。

考えるあまり、白昼夢として本人が出てきてしまったようだ。

大好きな石を見つめていても、今の悩みは癒やせないらしい。困った。

「んっ？　聞こえていないのか、琳麗？　りんれーい！」

声は自分を呼び続けている。

やけに現実的な白昼夢だ。

しかたなく立ち上がりながら後ろを振り返ると、そこには紫紺に瑠璃色の蘭桂斉芳の意匠が眩しい長衣を身につけた凛々しい邵武の姿が確かにあった。

ハッとして、御影石に尻餅をつく。

「陛下、どうしてここに⁉」

ここは琳麗だけの秘密の癒やし所だ。ましてや皇帝がまかり通るような場所ではない。後宮の何もない、隅っこのはずだった。

「大丈夫か？　脅かしてしまったようですまない」

邵武が自ら手を差し出してくる。

二人きりの寝所ならまだしも、昼間に宦官を連れた皇帝を無視するわけにもいかない。

琳麗は彼の手を借りて立ち上がった。

衣についた塵を払う。

「ありがとうございます。でも、どうしてこちらに？」

「以前にここで会ったではないか。その時はお前をお前の侍女だと勘違いはしたが」

思い返せば、今と同じように石に癒やされていると邵武が突然現れて、琳麗だと気づかずに話しかけてきたことがたしかにあった。

あの時はまだぼんやり顔を彼に見せたことがなかったので、わからなかったのだ。

（あんな前のことまで憶(おぼ)えてくれているなんて）

「言われてみると、そんなこともありましたね」

つい鼓動がトクンと高鳴りそうになるのを寸前で抑え込む。

様子がおかしいのは邵武だけでなく、自分自身もかもしれない。

「今ではあれが遠い昔のように思えるな」

「後宮も随分と変わりましたから」

邵武の言葉に同意した。何年も昔のことのようだ。

思わずしんみりとしてきてしまう。

来たばかりの後宮は、四夫人が互いに争っていて、嫌がらせや妨害の日常だった。

「それだけ劇的な日々だったということだ。まあ、琳麗が来てからだがな、後宮が様変わりしたのは」

「変化は私ではなく、陛下が望んだことです」

「ふっ、その通りだ」

やっと、いつもの調子が少し出てきた。

邵武と自分はこの関係の方がしっくり来る。

「お前には感謝している。これは本心だ」

「こ、言葉だけなら何とでも言えます」

彼が琳麗をじっと見つめてきて、また調子をくずされる。

きっとこれは邵武の好きなぼんやり顔でいるせいだ。

（……のはずだけど）

昨日の茶会でも、化粧をしていたのに同じだった。

「では行動で示せばいいのか？」

「えっ⁉　い、いえ……その……」

邵武の顔がゆっくり近づいてくる。

距離を縮めることを許せば、唇を奪われてしまう。

麟遊の時はすぐに対処できたのに、邵武に迫られるとなぜか冷静でいられない。

「こんな昼間に、駄目です！　誰に見られているとも限りません」

「誰も、いないようだが？」

すぐに反論される。

ここは普段は誰も来ない後宮の隅で、連れの宦官以外は誰もいない。

「それとも昼間でなければ、いいのか？」

「いやっ、そういうわけではなくて……」

手で顔を隠そうとするも、その手を掴まれる。

（だ、め……）

拒絶できない。観念しそうになったところで、邵武の動きが止まった。

その後に、なぜかポンポンと頭を撫でられた。

「……ん、うっ？」

思わず、琳麗の口から変な声がもれてしまう。重なるように、邵武からハァとため息が聴こえた気がする。

やがて手を頭から離した彼は、琳麗へにっこりと微笑み「仕方ないなぁ」と言いたげだ。

そして、思わぬことを口にする。

「川に行きたくはないか？」

「行きたいです！」

思わず琳麗は即答した。

川といえば、鉱石の宝庫だからだ。

水中で岩石は長い時を掛けて水流に削られ、小さく丸くなった石となって下流へと運ばれていく。だから、川原には様々な種類の鉱石、中には貴石と呼ばれる物さえ転がっていることがある。

琳麗にとって川原での石拾いは、まさに宝探しだった。

「いつ行きますか？　私はいつでもいいですよ？」

今までのことをすべて忘れて、後宮にいることも忘れて、邵武に要求する。

「いますぐでどうだ？」

「行けます！　行きたいです！」

二つ返事をすると、邵武は琳麗の手を摑んで歩き出す。

(手が……川に行けるならこれぐらい許してもいいか)

手を握っているからか、それとも好きな場所に行けるからか、鼓動が高鳴ってしかたなかった。

当然ながら後宮内に川はない。

ただ、城に近いところには山があり、川もある。戦場となり、籠城する際に川は貴重な水源となるからだし、山が敵の侵攻を妨げるからだ。

だから、二人はそれほど遠くない山の麓から流れる川原に向かうことになった。

後宮から出るには、以前、お忍びで市井に出た時と同じ経路を使う。

まず清瑠殿(せいりゅうでん)に向かうと内部の複雑な通路を抜けて、城の中に出る。そこで一旦、変装をし、待っていた数人の護衛を連れて行く。

その中には麟遊の姿もあったが、今日の彼は出張ってこない。

忠実に役目を果たしているのだろう。

川へは輿(こし)ではなく、馬を使った。高貴な者だと一目で分からないように、襲撃を恐れてのことらしい。

琳麗は馬に乗れると主張したのだけれど、却下された。

結局、邵武の前に横に座り、運ばれる。

「すごい！　ここ、穴場です！」

「普通の者は立ち入りが禁止されている場所だからな」

川原についた琳麗はさっそく邵武の馬から飛び下りて、地面をのぞき込んだ。

普通の人ではただ石ころが無数に転がっているようにしか見えないだろう。だが、琳麗にとっては光輝く宝石箱だ。

「邵……陛下見てください、翡翠に、水晶、白雲母に、紅簾石まで」

興奮しながら、この川原が如何にすごいのか口にする。

「前半二つはわかるが、後半の二つは何だ？」

「白雲母は化粧品にも使う比較的軟らかい鉱石でこの乳白色のです。紅簾石は赤い色が少しだけ混じっているものです」

興味を持ってくれたのだろうか。

聞いてくれた邵武に、丁寧に説明する。

「俺には正直、どっちもその辺に落ちている石と変わらないように見える」

「産出量がかなり多いですから、その辺に落ちているというのは正しいです」

ただ、色が綺麗に出ている物や混じり物が少ないのを探すのは一苦労だ。

「あぁ、鏨と槌を持ってくるんだった」

いきなり来たので時間がなかったから、準備をしていなかったことに後悔せずにいられない。

「山賊でもいるのか!?」

邵武と護衛の者達に緊張が走る。

違う違うと琳麗は手を大きく顔の前で振った。

「私が欲しいのは武器用の大きな槌ではなくて、小さな槌です。石を割って中を見るために使います」

石を割れば、もっとわかりやすく邵武に鉱石を見せられただろう。

(別に邵武のためでは……)

石仲間を増やす、布教のためだと自分に言い聞かせる。

「ともかく、気に入ってくれたようでよかった」

「はい、とても、とても！ 連れてきて下さり、本当にありがとうございます」

実家にいたのでは、こんな穴場に来ることはできなかっただろう。

誰でも出入りできる川原だと、浅い箇所は探し尽くされていることが多くて、目当ての鉱石を探すのはより労力がいる。

ここならもっと早く、掘る必要もなく、鉱石をたくさん見つけることができるはずだ。

「喜んでくれただけで満足だ。俺のことは気にせずに、石に集中してくれ」

「ではお言葉に甘えて」

気を遣ってくれたのだろう。邵武が琳麗から離れる。

(とりあえず、日が暮れ始めるまでが勝負！)

暗くなると、どの鉱石か判断するのが難しくなる。

琳麗は目を皿のようにして、石を眺め、手にしては太陽に透かし、袋にいれ、または遠くへ投げるを繰り返した。


気づくと辺りはすっかり金色に染まっていて、今にも夜の帳が降りてこようとしていた。

皇帝を無視して、石探しに没頭してしまったようだ。

（さすがに不敬!?）

まずいと思い、急いで邵武の姿を捜す。

「いた……って、眠ってる?」

彼は膝の高さほどの大きな石に腰掛け、頬に手を突いてこちらを向いていた。

初めはこちらを見守ってくれていたのだろうか。

今の彼の目は閉じられており、穏やかで優しい表情をしている。

（皇帝が暇、なわけないよね）

今頃になって気づかされる。

邵武は、近頃は特に忙しそうだった。

その合間を縫って、琳麗に会いに来て、川原に連れてきてくれたのだ。貴重な休憩を自分のために使ってくれた。

もっと感謝すべきことなのに、久しぶりの鉱石探しに夢中になってしまうなんて、恥ずかしい。

（けれど、何だろう……）

彼のためにも早く起こして、帰ろうと言わなくてはいけないのに琳麗はしなかった。

邵武の寝顔を見ていると、先ほどまで鉱石で興奮していたのに、どこか心が落ち着いていく。

ずっと見ていたい気分だった。

こんなこと初めてだ。

（経験がないのでわからないかもしれないけれど、間違いかもしれないけれど）

これが好きという気持ちなのかもしれないと思う。

相手のことを見つめると、時に穏やかに、時に鼓動が早くなる。

理由なく、ずっと一緒にいたいと、不意に思ってしまう。

（目が醒(き)めたら、聞いてみようか）

彼が自分をどうしたいのか。

（それに……）

今の正直な気持ちを伝えてみたい。

気になってしかたないけれど、その正体は自分にはわからないと。

「…………」

邵武の寝顔をじっと見つめていた琳麗はハッとして視線を逸らした。

そして、首を横に振る。

こんなことを思うなんて、気の迷いに違いない。

川での石探しの興奮と、美しい夕日と、照らされて上がった体温が、そう勘違いさせているだけに違いない。

「……んっ？」

すると、彼の長い眉がゆっくり動き、切れ長の綺麗な瞳が開かれる。

琳麗は何だかその瞬間を逃したくなくて、じっと見つめていた。

「眠ってしまっていたか」

視線が合うと彼がはにかむ。その仕草に思わず胸がトクンと鳴った。

座っていた石から下りて、邵武がこちらへ近づいてくる。

「満足したか？」

琳麗は首を横に振った。

「私の石や化粧品に対しての欲望は満足することがありませんから」

可愛げのない返事だと我ながら思う。けれど、これが自分なのだから仕方ない。

「そうか。ならば、俺がまた連れてこよう」

「……お願いします」

迷ったけれど、少し自分の気持ちに素直になろうと、頷く。

邵武がじっとこちらを見つめてくる。

琳麗の方からは彼の顔を見られない。夕日のせいか、頬が熱い。

「琳麗、俺――」

邵武が何かを言おうとして、止めた。続きが気になったけれど、聞き返せない。

しばらくお互いに話を切り出せず、沈黙が続く。

「帰るぞ」

「はい」

手を掴まれ、二人が乗ってきた馬のところまで連れて行かれる。

繋いだ右手に体温が集まっていくような気がした。

繋いだ瞬間から、この手を離すのが寂しくなった。
どちらもきっと気の迷い、一時のことに違いない。

五章　下賜の宴は波乱に満ちて

いつになく、後宮が騒がしい。

それは後宮の庭、よく目が通る場所に立てられた立て札から始まった。

「た、大変です！　おねえさま！」

例の如く、琳麗がそれを知ったのは、蝶花の突然の訪問だった。

「蝶花？　まだ朝餉をとっているところだから、後にして」

簡単な化粧を済ませ、ぼんやり顔でぼんやり朝餉をとって上機嫌だったところ、後宮の情報通である妹分の慌ただしい訪問を琳麗は受けていた。

いつものことなので、動じずにぴしゃりと窘める。

「本当に大変なんです。後宮一番の美姫を決める宴を開くそうです！」

「えっ？　どういうこと!?」

武闘大会ならぬ美容大会でも開くつもりだろうか。

（ついに後宮の新しい行事にも行き詰まったのかしら？）

武力と違い、美人力は客観的で、比べられるようなものではない。

化粧という武器はあっても、百人いれば百通りで、男性側の好みもある。

美には絶対的な尺度など存在しない。

「言い出したのは陛下かしら？　きちんと言ってやらないとわからないみたいね」

化粧に理解があると言っていたのは、やはりうわべだけの言葉だったらしい。

何度か痛い目に遭っているはずなのに。

めらめらと文句を言ってやりたい怒りがこみ上げてくる。

「触れは陛下の名前でですけど、たぶん立案したのは鱗遊様だと思います」

むっとしていると、蝶花が怯えながら付け足す。

鱗遊の名前が出てきたことで、事は単純でないようだ。

琳麗はそこでやっと箸を置いた。

「とにかく、触れを見に行きましょうか」

蝶花の話を聞くだけではなく、自分の目で確かめるべきだろう。

琳麗は蝶花と侍女の瑛雪を伴って、朱花宮を出た。

例の立て札は、後宮の真ん中に立てられた。

朝だというのに、すでに多くの妃嬪が何事かと集まって木札をのぞき込んでいる。

「賢妃様と淑妃様だわ」

琳麗達が近づくと、すぐに妃嬪達が気づいて道を空ける。

人波が割れて、木札までの道が自然と出来てしまった。四夫人のうち二人も一緒にいるのだから当然かもしれないけれど、やや大げさだ。

戻れというわけにもいかず、仕方なくその道を通っていく。

「どれどれ？」

周りの視線は気にせずに、触れの内容に目を通す。

木札にはこう書かれていた。

七日後、卯の月、乙酉の日において
〝後宮一番の美姫〟を決める特別な宴開く
我こそはという妃嬪は宦官を通して名乗り出よ
かの者は宴にて歌、舞、または特技を披露されたし

後宮一番の美姫には晏麟遊に下賜されること叶う

触れを読んだ琳麗は思わず拳を握りしめた。

後宮一番の美姫は、麟遊の妻になれるらしい。

何と傲慢な触れだろう。

妃嬪を宴の景品のように扱う麟遊もだが、それを許可した邵武も同罪だ。

女性を、美を何だと思っているのだろう。

今すぐ清瑠殿に怒鳴り込んでいこうか。

化粧をしていたら、本当にそうしていただろう。

「賢妃様がお怒りだわ」

「それはそうよね。後宮一番といえば、賢妃様なのに」

「陛下と喧嘩でもされたのかしら?」

周囲の妃嬪が琳麗の様子に気づいて、ざわめく。

慌てて、平静を保つ。

「さあ、触れを読んだ人は次の人が見えるように退いてあげて」

誤魔化すように、琳麗は手を叩いて解散させる。

（こんな宴、絶っ対に出てやらないから）

琳麗は誰に頼まれようとも、出るつもりはなかった。

そもそも麟遊の妻になどなるつもりはないので、自分が出る意味はない。

ただ、中には有能な武官に下賜されたい妃嬪もいるだろう。だから、宴自体を中止させるわけにもいかない。

誰が後宮一番の美姫になるかも気にならないかと言われれば、気になる。

（今回は裏で暗躍させてもらおっと）

琳麗はにやりと商人らしい笑みを浮かべた。

宴のために、特別な化粧品が飛ぶように売れていくことだろう。

朱花宮に戻る琳麗の頭の中は、この機会に投入する新作の化粧品やら、在庫の管理ですでにいっぱいになっていた。

しかし、三日後、琳麗は他人事でいられなくなった。

「まだ見ていないのですか？」

「心の準備をしているの」

手元に置いた書簡をじっと見つめて動かない琳麗に、瑛雪が呆れた声を上げる。

今、正確には昨日から、琳麗は大いに悩んでいた。

後宮一番の美姫を決める宴なんて、自分には関係ないと高を括っていたのだけれど、そうもいかなくなりそうだったからだ。

「あの追加がなければ、平穏だったのに」

触れが出された翌々日、立て札に新たに追加された忌々しい二つの文言が思い浮かぶ。

下賜は断ること許される
褒美として青源山を与える

つまり、後宮一番の美姫になっても麟遊の妻になることを断ることができるようになった。そして、副賞として山を一つもらえる。

ほぼすべての妃嬪達は、わざわざ追加された副賞の山に首を傾げただろう。けれど、琳麗だけは大慌てでした。

すぐ実家に連絡し、青源山がどのような山なのか急ぎ調べさせた。

そして、翌日来た実家からの手紙が今、琳麗の手元にある。

「ふぅ……えいっ！」

深呼吸すると、畳まれている書簡をばさりと一気に広げ、目を通す。

「やっぱり、そうよね」

青源山は、主に銅と鉛が掘り出されている鉱山だった。

銅と鉛が出るということは、他の似た貴重な鉱物も出る。たとえば、歌梨(かりん)が当初琳麗に贈ろうとしていた青鉛鉱もその一つだ。

山の名前に青という色が入っているのもいい。

昔から青い鉱石が出やすいということを示しているのだろう。

これはかなり期待できる。

「お嬢様の性格を良く把握した最善の策ですね」

実家からの手紙を後ろからのぞき込んだ瑛雪が呟(つぶや)く。

まったくもって、付き合いの長い彼女の言う通りだった。

希少な鉱石になると、どこの山でも取れるというわけではない。

山はいくらでも欲しい。全部欲しい。

「それで下賜の宴はどうなさるおつもりですか？」

瑛雪が改めて琳麗の考えを尋ねてくる。

どうやら妃嬪達の間での今回の宴の呼び名は、〝下賜の宴〟になっているようだ。

「私は宴に出――る」

最後まで抵抗したけれど、参加すると言わずにはいられなかった。

景品に釣られて参加を決めるなんて、癪だけれど背に腹は替えられない。

琳麗の自尊心よりも、鉱石の方がずっとずっとずっと大切だ。

（でも、どうして私を参加させたいわけ？）

追加の文言を考えたのは瑛雪の言うとおり、自分のことを良く知っている人物、邵武と見てほぼ間違いないだろう。

彼は琳麗を麟遊の嫁にしたいのだろうか。

この間、何の見返りもなく、忙しい合間を縫って、お忍びで川原に連れて行ってくれたのは一体何だったのか。

（どちらにしろ、思惑通りになってたまりますか）

「お嬢様、やはり出るからには……」

「もちろん、一番になるつもりでやるわ！」

鉱山のために仕方なくだったのが、だんだんとやる気が出てきた。

一番になって、麟遊をこっぴどく振って、邵武に今回の件を問い詰めてやればいい。そうすれば、きっとこの気持ちが晴れることだろう。

「後宮一番は私のものよ！」

化粧をしていないのに、悪女の血が騒ぐ。

「披露する特技は何になさるのです？」

「もちろん化粧よ、だけど……」

それだけで本当に勝てるのだろうか。

後宮一番の美姫に手を上げた者は、初日にお付きの宦官に参加を告げているはずだ。つまり、三日も前から準備に取りかかっていることになる。

彼女達に比べたら琳麗が大きく後れをとっているのは明白だ。

しかも、準備するために残された時間は、宴の当日を除けば三日しかない。

「彼を知り己を知れば百戦あやうからず」

琳麗は兵法の一説を口にした。

相手と己を知れば、百回戦っても負けることはない。

後宮一番の美姫を決める宴は、妃嬪の戦だ。

「まずは、敵を知ることからね」

琳麗は他の妃嬪がどうしているのか確かめることにした。

まず様子を見に行ったのは、同じ朱花宮で暮らしている風蓮（ふうれん）の元だ。

「風蓮いる？」

「おねえさま！」

朱花宮で二番目に大きな風蓮の房間（へや）に入ると、すぐに墨独特の香りが鼻をついた。

彼女の特技である画、墨絵と呼ばれているものを書いているところだったのだろう。色を使わず、墨の濃淡だけで風景や人物、動物を表（あらわ）す腕は見事だ。

実際、売り出した後宮の品の中でも風蓮の墨絵は一、二の人気を誇る。

「ごめん、描いていたのね」

「いいえ、ちょうど休憩しようと思っていたところでしたから。それにおねえさまなら、いつでも歓迎です」

「ありがとう。そう言ってもらえると嬉（うれ）しい」

本当の妹のようで、ついつい頭を撫（な）でてしまいそうになる。

後宮一番の妹ならば、間違いなく風蓮だろう。

「今回のはまた、すごいわね」

房間の中央に置かれていたのは、六つ折りの大きな屏風だった。

そこに書きかけの墨絵がある。

「まだ完成していないので、見られると恥ずかしいです」

「途中でも十分すごいのに」

風蓮がだめだめと手を振りながら、自分の背で墨絵を隠す。

もう少し自信を持って欲しいのだけれど、この恥ずかしがりなところも風蓮の魅力の一つとも言える。

「これって……」

墨絵なのにまるで色がついたような鮮やかなものが描かれていた。

「はい、この機会に書き留めておきたいな、と思って」

風蓮が少し悲しげに微笑みながら頷く。

「あっ！　もちろん、後宮一番の美姫になんて選ばれるとは思っていませんけれど、少しは成長したところをみなさんに見せたくて」

聞くまでもなく、下賜の宴で披露するようだ。

風蓮も色々と思うところがあるのだろう。

楽しい後宮での生活の終わり、を肌で感じ取ったのかもしれない。

「それじゃあ、頑張って、応援してる」

「ありがとうございます……あれ？　用事があったのでは？」

「もう済んだから大丈夫」

最後に、ぽんと風蓮の頭を軽く撫でて房間を出る。

これ以上、彼女の邪魔をしたくはない。

琳麗は次に蝶花の元へ向かった。


翠葉宮（りょくようきゅう）の楼まで行き、侍女に用件を伝えると中へ通される。

蝶花も自分と同じように、琳麗が来た際には許可なく房間まで通してよいと侍女達に指示しているのだろう。

通された場所は、棚や家具がほとんど置かれていない大きなガランとした房間だった。

「おねえさま！　すみません、少しだけ待っていて下さい」

琳麗の姿を見ると、蝶花だけでなく、その場にいた侍女達が手を止める。

「気にしないで、続けて」

蝶花も風蓮と同じく、宴に備えて、鍛錬をしているところのようだ。

練習用の袖や裾に紐（ひも）のついた衣を身に纏（まと）っていることから、彼女が宴で披露するのは舞だろう。

しかし、奇妙なことに手に持っているのは扇子ではない。

「では続きからお願い」

蝶花の合図で楽器が奏でられる。合わせて、蝶花が優雅に舞い始めた。

彼女の舞をしばらく見学させてもらう。

それはとても斬新で、革新的なもので、思わず魅入ってしまう。

「おねえさま、お待たせしました」

稽古を終えると、額に汗を滲ませた蝶花が息を切らせながら琳麗の元にやってきた。

「すごい気迫だったわ、蝶花」

素直に彼女を賞賛した。

「ありがとうございます。おねえさまにそう言われると自信がつきます！」

蝶花ははにかむと、墨の付いた手で恥ずかしそうに顔をこすってしまった。

「これって、やっぱり下賜の宴で披露するためのものよね？」

「はい。どちらかだけだと地味だと思って。もっと自分を見てもらうためには、派手にするにはどうしたらって考えたら思いついたんです」

彼女でないと、できないことだろう。

「誰かに見せたのはおねえさまが初めてなのですが……どうでした？」

「とてもいいと思う！　私でも敵わないかもしれない」

「やった！」

飛び跳ねて蝶花が喜ぶ。

風蓮の墨絵屏風に続いて、これはかなりの強敵が現れた。

「もしかして……おねえさまも下賜の宴に出られるのですか？」

「ええ、そのつもり」

正直に琳麗は答えた。

こんなに一所懸命に、真剣にやっている相手に、嘘はつけない。

「おねえさまが相手でも手加減しませんから！」

「それはこっちの台詞。私は妹でも手を抜いたりしないからね」

笑顔で握手をする。

蝶花か風蓮に後宮一番の美姫は譲って、山だけ売ってもらえるように話を付けておくという、ずる賢い考えが一瞬頭によぎったのは秘密だ。

琳麗は橙夕宮にいる梓蘭の元に向かう道すがら、考えを整理していた。

今回の宴、綺麗に着飾って、そのついでに特技を一つ軽く披露するぐらいに最初は思っていた。

しかし、そう簡単に事は運びそうにない。

思った以上に参加者はやる気を出し、披露する特技に凝っているようだ。

きっとこの楽しい後宮の終わりが近づいていることを何となく肌で感じ、自分の力をすべて出し切ろうと頑張っているのだろう。

風蓮の墨絵屏風、蝶花の斬新な舞、どちらも印象的でありながら、その技量自体も申し分ない。

一方、琳麗自身の武器はというと、化粧の知識と腕しかない。

しかも今までと違い、頼れるものは自分しかなかった。

ただ、美を追求した化粧を自らに施したところで、二人の妹分を上回れるとは到底思えない。

最初に下賜の宴を見た時、憤慨したように美は主観的なものであり、絶対的な尺度がないからだ。

（化粧以外に、私の持っている力って）

だんだんと下を向いてきてしまう。

自分には化粧以外に何もない。それこそ化粧に出会う前の自分には、何もなかったのだから当然のことだ。

何もせず、努力もせず、雀斑（そばかす）を恨み、母を羨ましく思い、美人を妬んでいた。

一時の気持ちのはずなのに、過去の記憶のはずなのに、だんだんと暗い気持ちが胸全体に広がっていく。

「琳麗様？」

名前を呼ばれて琳麗はハッと顔を上げた。

いつの間にか、橙夕宮に着いていたらしい。目の前には、なぜか箒（ほうき）を持った梓蘭が門の前に立っていた。

「梓蘭？　どうして門の前に？」

「皆、宴のことで忙しそうでしたから。たまにはわたしが掃除しようと名乗り出たのです。それより琳麗様こそどうなされたのです？」

梓蘭が心配そうにのぞき込んでくる。

不安な気持ちが顔に出てしまっているのだろう。

「その……これは……」

誤魔化そうとしたけれど、上手（うま）く言葉が出てこない。

「ひとまず房間に上がってください」

梓蘭に誘われるまま、琳麗は橙夕宮の楼へと足を踏み入れた。

「どうぞ」

通された客間で椅子に座ると、梓蘭が茶を淹（い）れてくれる。

今回は適温より少し熱めだった。

温かさが身体（からだ）をめぐり、日が差したように暗い気持ちがゆっくり晴れていくかのようだ。

「落ち着かれましたか？」

「ありがとう、梓蘭」

彼女はそれ以上に詳しいことを聞いてはこない。

その優しさと気遣いが心地よい。

「忙しい他の妃嬪（ひひん）達の代わりに掃除をって言ってたけど、梓蘭は下賜の宴（うたげ）に出ないの？」

「わたしの特技はあまり目を惹（ひ）くものではありませんし、人と競うのはあまり得意ではないので、良（い）いのです」

微笑みながら梓蘭が答えた。本心のようだ。

彼女らしいいし、麟遊への下賜になんてまったく興味はないのだろう。

「私は出ることにしたのだけれど、特技で悩んでいて」

思い切って、琳麗は梓蘭に話すことにした。

後宮一番の美姫に名乗り出る妃嬪に相談するのは躊躇われる。けれど、出ないと決めている彼女にならば、話しても負担にならないだろう。

「琳麗様が参加されるのならば、一番は間違いありませんね」

「そんなことないわ」

思わず反応し、下を向いて否定する。

梓蘭がやや驚いた様子で首を傾げた。

「私には蝶花のような舞や書の腕も、風蓮のような水墨画への集中力もないから」

「そうかもしれませんが……」

彼女が言葉を濁す。そして、たっぷりとため息を吐いてからおもむろに口を開いた。

「琳麗様には、まったくがっかりですわ」

てっきり慰めの言葉を掛けてくれるのかと思ったけれど、正反対だった。

いつもの彼女らしからぬ言葉と口調に面食らう。

「琳麗様は化粧だけなのですね！」

続けて梓蘭はそう告げた。

先ほど自分で思い、落ち込んだ言葉だ。けれど、他人に言われると違う思いが浮かぶ。

（化粧しかない。でも化粧だけは誰にも負けない！）

それは恥ずかしいことではない。誇るべきことだ。

彼女の言葉で目が醒めた。

「ええ、そうよ。私には化粧がある。ありがとう、梓蘭」

「わたしは何も」

にっこり微笑んで礼を言うと、梓蘭が優しげな表情で顔を横に振る。

彼女らしからぬ言葉は、琳麗を叱咤激励するために演技してくれたのだろう。

「すべてをこの宴にぶつけてみる」

自信をなくし、自分の過去に囚われて、落ち込むなんて自分らしくもない。

今は知恵を絞るべきだ。

「問題は見せ方」

ただ、化粧をするだけでは印象が弱すぎる。

考え始めた琳麗を梓蘭は何も言わず、急かすことなく、待ってくれる。

手がかりになるのは、風蓮と蝶花の宴に対する姿勢だ。

二人は後宮での成果を見せたいと頑張っていた。琳麗もそれに倣うことにする。

「順番に化粧をしていくのはどうかな。変面みたいに」

市井で笑わせたり驚かせたりしてお金を稼ぐ雑伎（ざつぎ）の中で〝変面〟と呼ばれるものがある。顔につけたお面を瞬時に変えていくのだが、その面を化粧に置き換えるのだ。

今まで後宮でしてきた化粧を順番に変化させ、見せていく。

「良いお考えだとは思います。ですが、化粧直しの度に時間を掛けると、間延びしてしまわないでしょうか？」

梓蘭の指摘したとおり、化粧をすぐに変化させるのは難しい。

見栄えのする箇所だけ変えたり、落としたりすることで手早くできなくはないけれど、瞬時とはいかない。

そこを解決する方法を琳麗はすでに思いついていた。

「劇をしながら、化粧を変えていくのはどうかな？」

題材は、琳麗自身の人生だ。

雀斑（そばかす）のぼんやり顔だった女性が自信をつけ、やがて後宮に入り、悪女となる。

「素敵だと思います。わたしも琳麗様の劇を見たいです」

詳しい劇の内容を話すと、梓蘭は賛成してくれる。

「ただ、一人芝居というわけには……」

化粧直しの時間を稼ぐためにも、相手役が欲しい。

しかし、今回に限っては蝶花や風蓮を頼れなかった。申し訳ないけれど、おっとりした梓蘭は適役とはいえない。

瑛雪にやらせてもいいのだけれど、できれば彼女には舞台裏で琳麗の早化粧の補佐をお願いしたい。

どこかに戯劇を演じられるだけの身体のキレがあり、後宮一番の美姫に名乗り出ない者はいないだろうか。

「やはり琳麗さまがいらっしゃったのですね。そんな香りがしました」

いきなり房間の入り口から知った声がする。

振り返ると形の良い鼻を動かす歌梨がいた。

「そういえば、歌梨様が遊びに来ていたのを忘れておりました」

うっかりしていたと、梓蘭が申し訳なさそうに頭を下げる。

「梓蘭と歌梨って珍しい組み合わせね」

「他の方達は下賜の宴の準備でお忙しそうだったので、梓蘭様のところへ来たのです」

「そうだったの……って、歌梨！」

そこで自分の求めていた人材がここに居たことに気づいて、彼女に駆け寄った。

逃がさないとばかりに歌梨の両腕を摑む。

「はい!? な、何でしょうか？　まさか、琳麗さまが、わたしを？　女人の身で良いのであれば、私は構いません。何でしたらわたしが男の格好をして――」

　勘違いして顔を赤くする歌梨の口を塞ぐ。

　これ以上は規制しないとまずい。

「歌梨って宴に出ないよね？」

「もちろんです。兄には興味ありませんし、かといって兄の嫁探しを邪魔するつもりはありません。副賞も元を辿ればわたしが手に入れたものを強引に提供されたものですから」

　これ以上ないという共演者を手に入れた。

　歌梨なら頭の回転はいいし、身体を動かすのも得意そうだ。

「相談したいことがあるから、こっちにきて」

　歌梨を座らせると、今までの詳細を丁寧に話す。

「琳麗さまの早化粧、面白そうですね」

「どうかな？　一緒に宴に出てくれる？」

「席で琳麗さまを見たくもありますが、一緒に演ずるのもまた一興です。喜んでお手伝いさせいただきます」

　歌梨が快く引き受けてくれる。

「あと残すは最後の化粧をどうするかだけど」

　劇で最後にする化粧は、自分の集大成とも言えるものにしたい。

　そのためにはどんな化粧をすべきだろうか。

「今までのは古往今来（こおうこんらい）、つまり今に至るまでの化粧ですよね？　でしたら、最後だけは来今（らいこん）の化粧にしてはどうでしょうか？」

　頭を悩ませていると、歌梨が手がかりをくれる。

「これからの化粧、これからの自分……」

　自分がどうしたいのか、どうありたいのか。

　考え始めると、思い浮かぶ光景が一つだけある。

「うん、それでいこう。二人ともありがとう」

　琳麗は自分に言い聞かせるように言った。

　まだどんな化粧にするかは決まっていない。

　けれど、それがいい。それしかないと思った。

「皆の者、後宮一番の美姫を決める宴を始めよう」

四日後の夜、邵武の一声で下賜の宴が始まる。

場所は後宮の一番大きな庭で何もない広場だった。今回ばかりは宴の主役が花ではなく、妃嬪だからだ。

名乗り出た者は天幕の裏で控え、その他の者は宴の席についている。

地面には白い厚めの布を敷いて舞台とし、後ろと左右にも白い天幕が張られ、灯籠（とうろう）が作る影が映って、ちらちらと揺れていた。

舞台の正面には皇帝の席がある。

今回ばかりはその左右にも席が並ぶ。左に今回の準主役ともいえる麟遊の姿、その横に妹の歌梨、右側には皇太后である蓉羅（ようら）が座る。

そこから舞台に向かって延びているのが妃嬪の席だ。

ただ、四夫人で席についているのは梓蘭だけで空席が多い。

参加する妃嬪達は特技の披露が終わってから席に着くためだった。

「大いに俺を楽しませてくれ。何なら一人と言わず、二人でも、三人でも後宮から攫（さら）っていってやろう。あははは！」

邵武に続いて、麟遊の大声が天幕の裏にまで聞こえてくる。

今頃、蓉羅は笑い、邵武と歌梨が鱗遊を睨んでいることだろう。

「婕妤の翠蘭は舞台へ」

仕切り役の宦官が名前を順番に呼んでいく。

どうやら妃嬪としての位が低い順に披露するようだ。それでいくと、琳麗の番はおそらく最後だろう。

「ふふふ……」

悪の親玉である、悪女に相応しい。高ぶった笑みが零れた。

まだ化粧はしていないのに妙だけれど、不思議と気負いも、緊張もしていなかった。

最後にする化粧を決めた時点で、心は決まっていたからだ。

もう迷わない。

「昭媛、風蓮、舞台へ」

しばらく待っていると、ついに風蓮の番になる。

「おねえさま、お先に失礼します」

「後悔のないように、自分を出しきって！」

風蓮は頷くと、やや緊張した面持ちながら、しっかりとした足取りで天幕を出て行く。

妹分であり好敵手でもある彼女達の成功を、琳麗は心から願った。

※　※　※

邵武は複雑な気持ちで妃嬪達の披露を見ていた。

参加した者は皆、一所懸命に自らの特技を見せているのがわかる。

けれど、妃嬪の位の低い方からの披露なので、後宮製の品として見た琳麗達の書、画には遠く及ばない。

加えて、邵武が密(ひそ)かに楽しみにしているのはただ一人、おそらく最後に出てくるだろう琳麗だ。

彼女がどんなものを見せてくれるのか、待ちきれない。

ただ、琳麗が素晴らしい舞台を見せてくれたとしても、複雑な気分だ。もし後宮一番の美姫(びき)に選ばれ、彼女が麟遊の妻となることを選んだらと思うと、苦しくなる。

琳麗が麟遊をあまり気に入ってはいないのは何となくわかっていた。それでも不安は消えない。もし、どんな手を使っても後宮を出たいと思うならば、彼の手を取ることもありえるからだ。

今まで積み上げてきた彼女との関係が、希薄ではないという自信はあった。

しかし、それが曖昧で、かつ確固たる何かではないことも知っている。

結果、この宴は不安でしかないのだ。

今回に限り、審査は麟遊と蓉羅が行うことになり、邵武は外れていた。

琳麗がこの特技の披露に参加しなければ、どれだけ心穏やかでいられたことだろう。しかし、そうはいかなかった。

もし、彼女が宴を欠席し、一人でいた時に――。

「九嬪が一人昭媛、風蓮と申します」

知った名が耳に入ってきて、邵武は考えを中断した。

幼さが残る顔にも見覚えがある。琳麗とよく一緒に居る一人だ。

風蓮は、若葉を思わせる淡い黄緑色の襦裙に、赤い襷を締めていた。

手には畳まれてはいるが、男の背の高さほどの大きな屏風を手にしている。小柄な彼女が持つと一層目を引く。

それを風蓮が地面に勢いよく突き立てた。

「わたしは今回の宴に合わせて水墨画を描きました」

誰の手も借りず、風蓮が自分の背以上ある大きな屏風を左右に開いていく。

「おぉぉ」

宴の席から思わず驚きの声が上がる。

屏風を見れば、後宮の景色が一望できた。楼があり、庭があり、清瑠殿もある。

そして、小さいが楽しげに笑う妃嬪達の姿があった。

さすがに勝手に皇帝を描くわけにいかなかったのだろうが、自分がいないのが残念でならないと思えてしまう出来だ。

それにしても、小さく細腕の彼女がこれを六日ほどで仕上げたのだろうか。

にわかには信じられないほどの大きさと、緻密さだ。

今日のために食事も睡眠も削って、全身全霊を込めて書き上げたのだろう。

「とても値などつけられんな」

蓉羅の意見に邵武も賛成だった。

これに似合う対価は思いつかない。ましてや売るなどおこがましい。

ちなみに、今回の主役である麟遊はというと、水墨画を評価する言葉が自分の中に見当たらないのだろう。何かを言おうとして口を開き、それを数回繰り返して、止めた。

代わりに邵武が風蓮を褒め讃えるべきだろう。

この水墨画には値がつけられなくとも、評価が必要だ。

「国宝級の傑作だ。昭媛、あとで宴とは別に褒美を与えることを約束しよう」

「ありがたきお言葉です」

風蓮が頭を下げると、来た時と同じように屏風を閉じて舞台から去る。

あまりの出来映えに屏風が閉じられる際、名残惜しい声が聞こえてくるほどだった。

次に姿を見せたのは、またも琳麗とよく一緒にいる妃嬪だ。

「四夫人が一人淑妃、蝶花です！」

跳ねるようにして、舞台の中央に立つとぴたっと止まる。

蝶花は、紫色に金の牡丹模様がある襦裙で艶やかな装いであった。

衣装を見るに舞を披露するのだろう。妙なのは、手に持っているのが扇ではなく、大きな筆だった。

「…………」

一瞬、見間違えだと誰もが思ったことだろう。

誰かの息を呑む音が聞こえた瞬間、蝶花が動きだす。

その動きに合わせて、楽器の音が舞台袖から聞こえ始める。

舞によくあるゆったりとした旋律ではなく、強く激しい音が宴に響いた。

曲に合わせて蝶花が舞う。

その長い腕が地面を何度も擦(こす)る。

「いや、あれは……書いているのか!?」

思わず言葉がもれる。

〝舞い書道〟とでも言うのだろうか。

蝶花は曲に合わせて舞いながら、地面に置かれた大きな紙へと筆で文字を書いていた。

隅に低い桶(おけ)が置かれていて、何度も墨汁を補充しながら書き進めていく。

〝舞う〟と〝書く〟を交互に、何度も繰り返していく。

その動きと気迫に圧倒されていると、不意に曲が止(や)み、蝶花も動きを止めた。

ふらつきながらも地面に置かれた紙を持ち上げ、邵武達の方へと掲げてみせる。

「おぉぉ……」

またも宴の席から驚きの声がもれる。

大きな紙には〝龍吟雲起　虎嘯風生〟と書かれていた。

龍が啼(な)けば雲が起こり、虎がほえれば風が生まれるという古い書物にある一節だ。

蝶花の書いた文字は、舞をそのまま文字へと転化したかのような勢いがあり、激しさがあった。

「これもまた先ほどの屛風とは違う、凄さがあるな」

蓉羅がまたも真っ先に感想を述べる。

誰もがその言葉に納得した。目の前で舞った熱量が見た者に伝わり、完成した文字は自らの眼前に迫ってくるかのようだ。

「見事としか言いようがない。淑妃、あのようなものを見せられてはお前にも別に褒美を用意しなければならないだろう」

風蓮の墨絵屛風もそうだが、これに褒美を出さなければ、皇帝の資質を周囲から疑われかねない。

（まったく、琳麗はとんでもないものを育ててくれたな）

この二つの名作が、本人の資質に依るところが大きいのは言うまでもない。

けれど、これが琳麗が提案して推し進めてきた、後宮が妃嬪の教養で稼ぐという結果の一つに他ならなかった。

これでは後宮の今後について、心が揺らいでしまいそうだ。

このままの後宮を維持したとしても、きっと国にとっても、妃嬪達にとっても、意義のある場所となるだろう。

（さて、次は……）

妃嬪の位順で淑妃の蝶花がすでに出てきたということは、この後に出るのは残りの四夫人しかいない。

歌梨と梓蘭は宴の席にいたはずなので、参加しないのだろう。

すると次が最後、ついに琳麗の番だということになる。

（そういえば、歌梨の姿が見えないな）

席にいたはずの彼女がいつの間にかいなくなっている。

まあ、気にするようなことではないだろう。

「んっ⁉」

妃嬪の姿がよく見えるようにと、四方に置かれていた大きなかがり火が幾つか消え、周囲が暗めになる。

一瞬、警戒したけれど、おかしな音などはしない。違うようだ。

「…………」

皆が何事かと沈黙していると、無言で舞台の中央に琳麗が躍り出た。

近くのかがり火に照らされ、白い天幕の布に影が映って幻想的だ。

彼女は下を向いていて、その表情は窺いしれない。

どうやら他の者と違って名乗るつもりはないらしい。自分を知らない者などいないだろうという傲慢とも取れる態度にも見えるが、琳麗だけはそれが許される。

〝後宮一番の悪女〟という異名を皇帝から与えられているからだ。

「私は地味な少女」

琳麗の声が聞こえ、彼女は頭を上げる。

その顔は化粧がされておらず、たしかに地味で印象が薄い。

邵武が初めは侍女と間違った、化粧が苦手な自分が好んだ、あの雀斑顔だ。

「けれど、母は美しかった」

舞台にもう一人の女性が上がる。

それは歌梨だった。元が整った顔立ちではあるが、おそらく琳麗が化粧を施し、さらに磨きがかかっていて、色気さえある。

宴の席から「はぁ」と羨望とも取れるため息がもれた。

ふと気づくと、琳麗の姿が舞台にはいない。

歌梨の登場で視線が集まるのを利用して、舞台裏に戻ったのだろう。

「しかし、その母は病に倒れた」

舞台袖から琳麗のよく通る声が引き続き聞こえてくる。

歌梨が心配するほどの勢いで倒れ込む。

そして、その際に胸元から何かが転がり落ちる。

見覚えがあるそれは、化粧箱だ。

「少女は母の化粧箱を手にして、変わった」

再び出てきた琳麗がとぼとぼと歩くと、その化粧箱を持ち上げる。

そして、顔を上げると今度はうっすらと控え目な化粧をした琳麗の顔があった。

雀斑を隠し、陰影をそれとなく足し、目元に薄く線を引いた自然な顔だ。

この化粧はたしか、梓蘭と初めて自然と話せた時に、彼女がしていた化粧だろう。

「けれど、騙(だま)され、後宮へと連れて行かれる」

いつの間にか宦官(かんがん)に扮(ふん)した歌梨が、琳麗を連れて行く。

そのまま二人して舞台袖にいなくなった。

「紆余曲折(うよきょくせつ)があり、その少女は悪女となりました」

まず歌梨が慌てた様子で出てきて「助けてくれ」とばかりに恐れながら後ずさった。

その視線の先からぬっと現れたのはすっかり悪女となった琳麗だ。思わず待っていたとばかりに妃嬪(ひひん)から「わぁ」と歓声が上がる。

いつの間にか、宴を見ている者は皆、次にどんな顔をしているのかと、琳麗の化粧に引き込まれていた。

それは邵武も例外ではない。

「さあ、この毒杯をお飲みなさい」

これは前の徳妃、譚香鈴を殺したと見せかけて、意中の者がいる市井に逃がした時のことを再現しているのだろう。

命じられた彼女は杯を呷り、バタリと倒れる。

観客はその間にまたも琳麗の姿を見失う。

「意図せず、後宮を牛耳る悪女になったが、自由への思いは消えなかった」

次に舞台の中央に立った琳麗に邵武の心は奪われた。いや、きっと自分だけでなく、多くの者がその儚げな顔に心を振るわされたことだろう

白ではなく、血色が良く見えながら透き通るような肌に、丸みを帯びた陰影、淡い眉に、涼やかな目元だ。

そして、涙袋にうっすら輝く化粧が絶妙だった。

目元が潤んで見え、目の前にいたら思わず抱きしめてしまうだろう。

これも以前、琳麗が邵武に見せたことのある化粧だ。

喧嘩になって邵武が咄嗟に口にした好みを再現したもので、あの時は宴で琳麗以外にも多くの妃嬪にこの化粧を施されてしまい、困った。

何でも琳麗はこの儚げ化粧を施すことを以後、きつく禁じたそうだ。当時はそれを邵武も悔やんだのだが、正しかったとわかる。

今、宴を見ていた他の妃嬪達や宦官の多くが心を射貫かれ、放心している。

ある意味で悪女よりも危険な化粧と呼べるだろう。

「後宮一番の悪女は何を求める？　富？　名誉？　それとも刺激的な日々？」

琳麗は手から小さな化粧箱を次々捨てる。

どれも違うと顔を横に振って、地面に膝をついた。

そして、一番近いところのかがり火が消える。

琳麗の姿は再び見えなくなった。

「私が求めるものは……それは……」

少ししてから再びかがり火が焚かれる。

すると、琳麗の化粧がまた変わっていた。

涙袋は消え、目元はうっすら桃色に色づく。艶のある肌に、濡れたように見える唇が印象的で一度見たら目が離せなくなる。

先ほどの儚げ化粧に似てはいるけれど、そこから青の要素を抜いて、赤味を足したような全体の色合いで、もっと直接的に何かを訴えかけているかのようだ。前の〝儚げ〟に対して、あえてつけるならば〝愛しげ〟とでも言うべきだろうか。

「…………」

琳麗が邵武をじっと見つめている。

気のせいなどではなく、紛れもなく彼女の瞳が自分を捉えていた。

「陛下……いえ、邵武……貴方の……貴方と、私は……」

公の場で皇帝の名を呼ぶなんて、前代未聞の不敬だ。

けれど、誰一人動けなかった。

琳麗の声は必死さや強い感情が伝わってきて、とても演技とは思えない。何かを必死に邵武へと伝えようとしていた。

(琳麗……何を俺に訴えて……)

聞き逃さない、見逃さないようにと、必死に琳麗を見る。互いの視線が繋がってしまったかのように離れない。

けれど、その刹那、二人の間を何者かが引き裂いた。

「きゃぁぁぁぁ！」

誰かの悲鳴だ。

邵武と琳麗は、同時にハッと我に返った。

※　※　※

琳麗は状況をすぐに確認した。

声のした方、左側の天幕が燃えている。左側だけではない、右側と邵武のいる後ろも同じように燃え始めていた。

一箇所だけなら、侍女か宦官がかがり火の扱いを誤ったのかもしれない。けれど、三箇所同時に燃え始めているのは、紛れもなく誰かの手によるものだ。

「陛下！」

邵武の方から数人の声がする。

玉樹、そして麟遊が邵武の左右に駆け寄り、周りを宦官が固めていた。

それが何を意味するかはすぐにわかる。

「きゃぁぁ」

再び誰かわからない悲鳴が響いた。

火のついていない唯一の方向、舞台奥から何者かがなだれ込んできたのだ。確認しただけでも十人以上はいるだろう。

今のところ賊の一番近くにいるのは、琳麗ということになる。

舞台袖にいた瑛雪や歌梨、宦官達が無事なことを祈ると、迷うことなく声を張り上げた。

「火のない方へ行っては駄目！　皆、陛下の方へ行くのよ！」

もし妃嬪達が乱入者の方へ逃げれば、瞬く間に殺されてしまうだろう。

手際の良さと宴を狙った点からして、後宮の財宝狙いの賊とは思えない。

誰かの命を狙った刺客に違いなかった。

「けれどおねえさま、後ろは火が！」

「それは後で解決できるわ！　今は陛下のいる方が安全よ！」

席に戻っていた蝶花の声だろう。

三方を火に囲まれているとはいえ、逃げ場がないわけではない。逃げ道は作れるし、最悪、時間を稼げば天幕が燃え尽きて、塞いでいた炎の壁はなくなる。

しかし、今それを説明している余裕はない。

「蝶花と風蓮、妃嬪の皆を誘導して、なるべく落ち着かせて」

「わかりました！」

「やってみます」

後ろから二人の承諾する声が聞こえた。そちらはひとまず何とかなるだろう。

あとは刺客達を引きつけるか、撃退しなければならない。

（武器は……）

近くには化粧箱しかない。

こんなことなら、劇に剣舞か賊と戦う場面を入れておくのだった。

刺客達が走ってこちらに近づいてくる。

こうなれば、素手でも――。

「琳麗、使え！」

すると後ろから邵武の声が聞こえて、何かが地面に突き刺さる。

手に取ると、それは真っ直ぐな刀身の剣だった。装飾された儀礼用の剣だけれど、刃はつぶされておらず、戦えなくはない。

琳麗は棒と剣ならば、師範代にならないかと誘われるほどの腕前だった。賊による誘拐に慣れているので、刺客相手でも恐れることなく立ち向かえる。

実際、後宮でも何度か大立ち回りをしたことがあった。

「さあ、後宮一番の悪女が相手して差し上げます！」

剣先を刺客達に向かって構え、低い声を上げる。

相手は琳麗に気圧（けお）され、足並が乱れた。

これでいきなり囲まれることはなさそう。

「ふふふ……」

こんな時でも琳麗は笑みを浮かべた。

自らを悪女と呼ぶ妃嬪が、剣を構えて威嚇してくる。

いくら暗殺を生業とする者でも、その奇妙な様子に躊躇（ちゅうちょ）するだろう。

琳麗自身だって、そんなのを相手にはしたくない。

「死ねっ」

「はぁっ！　やっ！」

最初に琳麗の元にたどり着いた賊に向かって、思い切り剣を突き出した。

刃が相手に届いたかどうかを確認せずに、上半身を捻（ひね）り、回転するように一歩踏み出して二撃目を横に薙ぐ。

「がはっ！」

やはり琳麗の一撃目の突きをかわした刺客が、二撃目を避けられずに倒れる。

「な、なんなんだ、この女は」

一人目を瞬時に倒したことで、刺客が動揺している。

琳麗の目的は倒すことよりもそれだった。

「しょせん女だ、臆するな！」

気を取り直して、再び刺客が琳麗に襲いかかってくる。

けれど、時間を使いすぎだ。

「お前達に釣り合うような、女じゃない」

後ろから槍が飛んできて、刺客の急所を正確に突いた。

武官として名高い麟遊だろう。

「琳麗、よくやった。あとは下がっていろ」

邵武とその護衛達が琳麗の前に出る。

「皇帝自ら出てきたぞ。手間が省けた、やれっ！」

「手間が省けたのはこっちの方だ！　覚悟しろ！」

麟遊が吠える。

「ぐはっ！」

「ひっ！」

目に留まらぬ速さで槍が次々突かれ、賊が倒れていく。

彼の間合いには誰も入れない。

あまりの強さに、他の者は邵武に刺客を近づけないようにするだけで済む。

琳麗が加勢する必要もまったくなさそうだ。

一息つく。

（いいえ、落ち着いている暇はない！）

刺客は皇帝の殺害を目的にするかのような発言をしていたではないか。

これはただ事ではない。賊がここだけとは限らない。

「陛下、私は妃嬪達を避難させます」

蝶花と風蓮が彼女達を抑えてくれているだろうが、前では戦い、背後には炎で、そろそろ限界だろう。安全な場所に誘導しなくてはならない。

「そうしてくれ。俺はこの後、兵を率いて後宮内の賊を一掃する」

頷き合う。互いを信頼しているから、互いの役目を果たすまで。

「麟遊、琳麗を守れ」

邵武はこの中で腕が最も立つだろう麟遊を琳麗の護衛に命じた。

驚くべきことに、話をしているうちに宴に十数人いただろう刺客はすべて彼によって倒されていた。他の護衛が無力化された数人を捕縛している。

「皇帝を守らなくていいのか？　もっと腕利きの刺客がいるかもしれないぞ」

「かまわん」

「お前は誰だ？　皇帝だろう？」

邵武も引かず、麟遊とにらみ合う。

客観的に見て、ここは麟遊の言い分の方が正しいだろう。

一番大切にすべきなのは皇帝の命だ。琳麗には他の者をつければいい。そう願い出ようとした時だった。

「喧嘩をしている場合ではありませんわ、お兄様。それに陛下も」

舞台奥の天幕から歌梨、彼女の侍女、それに瑛雪が現れる。

その姿を見て、琳麗はほっと胸を撫で下ろした。

隠れて様子を見ていたが、刺客が倒されたのを確認して出てきたといったところだろう。

「琳麗さまはわたしがお守りしますので」

右手に手を置いて歌梨が微笑(ほほえ)む。

「わかった、琳麗を頼む」

歌梨の言葉に今度は邵武がすんなりと折れた。

「琳麗……」

邵武が琳麗の方に歩いてきて、頬に手を伸ばす。

その瞳は愛おしげで、逃げられない。むしろ彼の指を愛おしくさえ感じる。

「事が終わったら使いを寄越す。それまで、妃嬪達を頼む」

「お任せ下さい。皆で朱花宮に籠るつもりです。

「それがいい。どうか無事でいてくれ」

名残惜しくも、彼の手は離れていく。

「陛下も、ご武運を」

（さあ、気を引き締めなくては！）

琳麗は頬を叩(たた)いて自分を奮い立たせると、歌梨を連れて妃嬪達の方へ向かった。

六章　後宮一番の極上妃

琳麗が皇帝の席周辺に避難していた妃嬪達と合流する。

皆が怯えていたけれど、蝶花と風蓮、それに途中で合流した蓉羅によって、何とか平静を保てていた。

「おねえさま！　ご無事で」

「お怪我はありませんか？」

蝶花と風蓮が安堵した顔で駆け寄り、抱きついてくる。

二人とも手が震えていた。すぐ握りしめて安心させる。

「もう大丈夫よ、二人とも」

他の妃嬪の手前、気丈に振る舞っていただけで彼女達も不安だったのだろう。

二人がいなかったら、妃嬪達は混乱し、大変な事態になっていたはずだ。

「ご苦労だったな、琳麗。さすがに肝が冷えたぞ」

続いて、蓉羅が声を掛けてきた。

彼女は前の後宮を勝ち抜いた猛者なので、平気そうな顔をしている。少し前にも逆恨みをした家から襲撃されたぐらいなので、当然だろう。

しかし、発言を聞くに、蓉羅を以ってしても先ほどの状況は危なかったようだ。

「まだ危機は去っていません。すぐに移動しましょう」

琳麗の提案に三人とも頷く。

今回のことは蓉羅の時と違って、一家の独断とは思えない。

そして、皇帝の暗殺をこれほど大規模に行うということは、逆にいえば、相手にはもう後がなくなり、死にものぐるいで来る。

二手、三手を用意してあるかもしれないし、暗殺の目標は皇帝だけとも限らない。

「私の暁羅殿に避難するのはお勧めしないぞ」

蓉羅に琳麗も同意だった。

近くに建物の少ない暁羅殿は防衛の面で言えば、他の宮より強固だ。

けれど、皇帝が対象となっている以上、皇太后も狙われている可能性が高く、その住まいである暁羅殿には刺客が潜んでいる可能性が高い。

「陛下にはひとまず朱花宮に皆で籠ると伝えてあります」

「それが賢明だろうな」

蓉羅が賛成してくれる。

外では皇帝の寵愛を受ける悪女と言われている琳麗が狙われるかもしれないけれど、他の宮よりも勝手知ったる朱花宮の方が良い。

壊されるにしろ、燃やされるにしろ、その逆も躊躇うことがなくなる。

事が終わるまで誰もこないのが一番ではあるけれど、状況はあまり良くないように思う。最悪を考えて行動しなければならない。

「では、私が殿につくので先頭は……」

数が減ったとはいえ、侍女を入れると五十人を超える大人数だ。移動するのにも、前と後ろを警戒しなければならない。

「歌梨、前をお願いできる？」

この中でもっと武に精通しているのは、おそらく歌梨だ。

「わたし、ですか？　わたしは琳麗さまを守るように言われていますのであなたの元を離れるわけにはいきません」

あっさり拒否されてしまった。

たしかに皇帝との約束だから、それを反故にするわけにはいかないのだろう。

「では皇太后様、前をお願いできますか？」

「かまわんぞ」

今ある武器は琳麗の持つ邵武が投げてくれた剣一つだけだったので、それを蓉羅に預けて頼む。

「敵らしき者が見えたら、すぐに私を呼んで下さい。朱花宮についてもすぐに入ろうとはしないでください」

「わかった。琳麗の指示に従おう」

琳麗が襲われている蓉羅を助けたことがあったからか、すんなりと従ってくれる。

集団の前はそれほど危険がない。襲われるとしたら後ろからか、朱花宮に入ろうとした時の伏兵だろう。

後ろには、歌梨もいるので武器がなくても何とかなると思いたい。

「では、特に問題がなければ、すぐ出発しましょう」

蓉羅や歌梨達が頷く。

「賊は今、陛下自らが兵を率いて掃討しています。だから皆さんは安心してください」

他の者達に向けて声を張り上げる。

不安そうに俯いていた妃嬪達がその言葉で上を向いてくれた。

「念のため、私達は朱花宮に向かいます。走らなくていいです。焦らず、ゆっくりで構いません。皇太后様について行ってください」

返事はないものの、数人が頷いている。

これならば大丈夫だろう。

集団で移動する時に怖いのは、混乱して統率が取れなかったり、進みが必要以上に遅くなったりすることだ。

「では、皇太后様、お願いします！」

合図を送ると、妃嬪と侍女の集団が歩き出す。

その表情はやはり暗いけれど、今はこれが精一杯だ。朱花宮につけばもう少し安心させることができるだろう。

琳麗は歌梨と並んで、一番後ろを歩く。

「さすが琳麗さまです。見事な指導力でした」

話していないと不安になったのだろうか。

こんな時でもいつもの調子で歌梨が話しかけてくる。

「ありがと。悪女と呼ばれて後宮を牛耳っているからには、こんな時ぐらい役に立たないとね」

「普段は偉そうにしているのに、いざとなったら我が身欲しさに真っ先に逃げる者がほとんですよ」

地方の役人のことを言っているのだろうか。

国境で睨みを利かす晏家にいると、そうした場面をよく見るのかもしれない。

「歌梨も落ち着いたものね。やっぱり戦場に出たことがあるから？」

特に他意はなく聞いたのだけれど、思いも寄らない答えが返ってきた。

「いいえ、私は事が起こるのを事前に知っていたので冷静にいられただけです」

「知っていた？」

琳麗は歌梨の言葉を聞き漏らさなかった。

「あっ、秘密だったのですが、まあもう話してもいいですよね」

明らかに失言だったたろうに、焦った様子もなく歌梨が話し出す。

「これは賊でも暗殺でもなく、今の皇帝陛下に不満を持つ複数の家が起こした反乱です」

「反乱!?」

つい声を上げてしまい、手で口を塞ぐ。

他の妃嬪達を不安にさせるようなことを、あまり聞かせるわけにいかない。

「はい。何でも陛下の大胆な政策に不満を持つ家は多く、丁寧に説明を尽くしてくれてはいたのですが溝は深くなる一方。そして、ついにその者達が兵糧を集め始めたのです」

反乱や戦の予兆が真っ先に表れるのは、食料の備蓄だ。

商家の娘として、戦の前に米などの価格が上がることは琳麗も知っていた。

「陛下は泳がしてから一掃する命を晏家へ密かに出されました」

「だから麟遊と貴女が後宮に来たのね！」

琳麗が当初睨んだとおり、二人が後宮を訪れたのは、麟遊の嫁探しというだけではなく、裏の事情があった。

襲われる危険を考え、密かに腕利きの武官を陛下の護衛につけ、後宮にはその妹を送り込んだ。

「いいえ」

しかし、歌梨は、はっきり琳麗の考えを否定した。

「お兄様はおそらく護衛目的ですが、わたしは琳麗さまに会いたい一心で来ただけですよ。兄に便乗しただけです。そもそも私がいても戦力にはなりませんし」

「ええーっ!?　ただのただの愛好者!?　戦力にならない？　もしかして歌梨、武の心得は？」

「まったくありません！」

今度もきっぱりと歌梨が答える。

身体の引き締まり具合といい、今までの様々な言動や状況といい、てっきり戦えるものだとばかり思っていた。

(あれ？　だったら……)

そこで一つ疑念が生まれる。

「陛下に私を守るって約束したよね？　一体どういうこと？」

歌梨が名乗り出たことで、邵武は麟遊を琳麗に付ける件をあっさり引き下げた。

彼女に武力がないのならば、彼は認めなかったはずだ。

「あれは――」

歌梨が説明しようとした時、急に庭から矢が複数飛んでくる。

「危ない！　伏せて！」

自分と歌梨を狙っている。そう思い、琳麗は歌梨を引きずって、伏せようとした。

「心配ありません」

けれど、彼女はまったく動こうとしない。

矢が当たると思った瞬間、その前に歌梨の侍女達が立ちはだかる。彼女達は隠し持っていたそれぞれの小さな武器で矢を打ち落とした。

さらに間髪を容れずに、彼女達は矢の飛んできた方向に走り、相手を仕留める。

（強すぎ、歌梨の侍女達）

「こういうことです」

彼女の一言に納得した。

歌梨本人が強いのではなく、彼女の周囲が強いのだ。

後宮入りした時に歌梨と親しげな琳麗を憎んだように、侍女達は彼女を熱烈に慕っており、守るために鍛錬を欠かさない。

場合によっては厄介だけれど、この状況下では心強かった。

「ともかく歌梨がいて助かったわ」

「琳麗さまのお役に立てて光栄です」

その後も数回、襲撃があったけれど、すべて歌梨の侍女達が片付けてくれる。

難なく、琳麗達は朱花宮にたどり着くことができた。


道中、襲撃に遭ったので、朱花宮にも敵が潜んでいるとばかり思っていたのだけれど、拍子抜けするぐらいに宮の中は静かだった。

どうやら琳麗は、反乱を起こした家の謀殺対象ではないらしい。

ただ、それも今だけかもしれないし、一行に蓉羅がいるので油断はできない。

「まずは手分けをしてすべての房間を調べましょう」

門に閂をすると、そこを歌梨の侍女数人に見張ってもらう。

その間、琳麗達は手分けをして朱花宮の中に潜んでいる者がいないか調べた。襲うなら着いた直後、安心したところだろうから大丈夫だと思うが、念には念を入れてだ。

「安全のようね。庭にいる皆に伝えましょう」

すべての房間の確認が済んでから、まだ宮の中心にある庭にいてもらった妃嬪達にここが安全なことを伝達する。

「もう少しの我慢よ。後宮の賊がすべて排除されたら、陛下が使いをくれる約束だから」

妃嬪達は安堵して、暗い表情が少し和らいだ。

もう少しで日常に戻れるという希望が見えたからだろう。

続けて、琳麗は妃嬪達を休ませるために各部屋へ妃嬪達を割り振る。

一段落すると、全体のことは朱花宮をよく知る風蓮に、二人の補佐を人当たりのよい梓蘭と元朱花宮の住人である蝶花に頼んで、琳麗は自らの楼に戻った。

「おつかれさまです、琳麗さま」

「ようやく落ち着いたか？」

「ええ、何とか」

楼の三階に上がると、蓉羅と歌梨が出迎えてくれる。

一階は他の妃嬪達に開放し、ひとまず二階と三階を琳麗達、主要面子の休憩場所とした。

「外の様子に変化はありませんか？」

「特にありませんね。陛下の一団の姿も見えませんが、炎や煙、敵も見えません」

外の様子を窺っていた歌梨が答える。

反乱が起きれば、建物を焼かれたり、鬨の声が聞こえたりしそうなものだけれど、今のところ敵は静かに皇帝暗殺に動いているということなのだろうか。

けれど、腕の立つ麟遊や玉樹がいるので、邵武はきっと無事だ。

「どうしたものか」

「まずは……化粧を直します」

琳麗は持ってきた化粧箱を床に置く。

「ふっ、琳麗らしいな」

蓉羅の呆れたとも思える声を聞きながら、琳麗は化粧の準備を始めた。

化粧箱から必要な道具をすべて取り出すと、その上に銅鏡を嵌めて、持ち運びが可能な化粧台にする。

これも考案中の新作なのだが、こんなところで役に立つなんて思いもしなかった。

琳麗の顔は、劇で最後にした〝愛しげ顔〟化粧のままだ。

しかし、この切羽詰まった今の状況で必要な自分は、愛嬌のある女性ではなく、誰にも負けない強さを持つ悪女だろう。

崩れた部分を直しつつ、悪女化粧に近づけていく。

まずは油漬けした手巾で、擦らないようにしながら崩れた下地部分を取り去り、綿花を使って絹雲母の下塗り化粧液をトントンと叩き込むように馴染ませる。

絹雲母の粉を大きな刷毛で軽くのせ直したら、全体は完成だ。

次は各箇所を直していく。

茶色く少し太めだった眉は一度手巾で拭き取って、黒灰の眉墨できりりと吊り上がった細い眉を引き直す。

目元は普段洗顔後に使う糯米酒から作った液を含ませた綿花で丁寧に落とし、その上から紫水晶の瞼影をのせていく。

続けて、油煙墨で瞼すれすれに長い線を引いた。

悪女らしい眼力が宿る。

「琳麗さまの化粧を直に見られるなんて」

歌梨に熱の籠った視線をずっと向けられていたらしい。

「今度歌梨にも化粧してあげないとね」

「ぜひ、お願いします！」

琳麗としても、歌梨を化粧でさらに美しくできるのは楽しみだ。

「これからどうするつもりだ？」

蓉羅が尋ねてきた。化粧を続けながら、琳麗は答える。

「状況が分からずに動くのは危険です。ここで後宮の様子を窺い、もし逆賊が来たなら都度対処して、撃退しましょう」

本当なら後宮内の情報を集めたいところだけれど、今、朱花宮から人を出すのは危険だ。見える範囲で状況を確認し、皇帝の使いが来るのを待つのが最善だろう。

そういった意味ではこの楼は見渡しがいいし、最適だ。

「それがよかろうな」

蓉羅が窓際に腰を下ろすと、片膝を立てて外を見る。

女性としてとても褒められた姿ではないが、この状況ではむしろ正しい。すぐに立ち上がることができるからだ。

（あとは紅を引けば——）

「失礼します」

琳麗は最後の化粧をしようと筆を持ったところで、手を止めた。

戸の先から声を掛けられたからだ。聞き覚えのない声のように思う。

「何です？」

「お疲れかと思い、茶をお持ちしました」

三階の房間の入り口に侍女の姿があった。

楼の一階に割り当てた女性が気を遣ってくれたのだろう。

「ありがとう、頂くわ」

琳麗が許可すると、彼女は房間に入ってくる。

手には茶碗（ちゃわん）が三つ載った盆を持っていた。そこで不意に琳麗は気づいた。

「貴女、どこの宮の者？　見ない人ね？」

「橙夕宮（とうゆうきゅう）の芽衣（メイ）と申します」

間髪を容れずに答える。

「気遣いありがとう、芽衣」

琳麗は蓉羅と目配せをした。気づいてくれたようだ。

「化粧箱を二階に片付けてきます」

　琳麗は散らかっていた化粧道具を箱につめ、二階へ下りていくフリをする。

　そして、芽衣と名乗った侍女の後ろに回った。

「歌梨、茶を飲んではだめ。毒よ」

　さっそく口をつけようとした歌梨を止める。

「貴女は動かないで！」

　その瞬間、侍女が動こうとしたけれど、琳麗は後ろから彼女に手を伸ばし、持っていた木の串を首に押しつけた。

　ずっと摑んだままだった化粧筆だ。

　彼女の手前では、蓉羅が逃がさないよう立ちはだかっている。

「やめてください。私は何もしていません。何かの勘違いです」

「しらばっくれても無駄よ。その茶を自分で飲んでみる？」

「もし毒が入っていたとしても、それを私が入れたとは……」

　ぐっと首筋に化粧筆を押しつける。

「私は後宮の妃嬪や侍女の顔をすべて覚えているの。だてに後宮一番の悪女って呼ばれてはいないわ」

　せめて橙夕宮ではなく、後宮入りしたばかりの貴妃の蒼月宮といえば琳麗にも判断がつかなかったかもしれない。

　といっても、この場には貴妃本人である歌梨がいるわけで、どちらにしろ彼女が偽者だということはわかっていた。

「く、そ……」

　観念したようなので、注意しながら彼女をきつく縛り上げる。

　ひとまず事が終わるまで納屋にでも入っていてもらう。

　その後、潜り込んだ逆賊が一人とは限らないので、琳麗は歌梨を連れて妃嬪と侍女をすべて確認して回り、侍女に化けた者をそれとなく連れ出してすべて捕縛した。

「ご苦労だったな。反逆者が雇った刺客といったところか。いつ侍女に紛れ込んだのか」

　一仕事してまた楼の三階に戻ってくると、蓉羅が労ってくれる。

　たぶん、忍び込んだのは宴での騒ぎの際だろう。

　あの場ではわかりようもないし、妃嬪達を疑えば、動揺が全体に広がってしまう。

「他の方達に気づかれずに片付けられたのはよかったです」

「そうだな」

　三人だけしかいない場で襲ってきてくれて助かった。

少しは落ち着いたとはいえ、不安を煽(あお)ると怖くなって朱花宮から出る、自分の房間に戻ると言い出す妃嬪が出かねない。それが一番悪い状況だ。

「琳麗さま……清瑠殿(せいりゅうでん)が……」

今度こそ休めると腰を下ろそうと思ったけれど、またもそうはいかなかった。

いつも冷静な歌梨の声が震えている。

「……!?」

何事かと急いで窓に駆けより、外を見る。

そこには邵武が住む清瑠殿から火の手が上がり、煙が天へと昇っていた。

(邵武の身に何かあったの!?)

清瑠殿は皇帝の居住であり、いざという時にはそこに籠って指揮をする最も安全な場所のはずだった。

それが今、燃えている。

「行かなくては」

琳麗は無意識にそう呟(つぶや)いていた。

兵を率いて後宮内の逆賊を討った邵武は、必ず清瑠殿に戻るだろう。そこを狙われたのかもしれない。

「琳麗、無茶だ。それにいくらそなたが強くとも、一人が行ったところで仕方なかろう」

蓉羅の言葉が正しいのはわかる。

けれど、琳麗は居ても立ってもいられなかった。

このまま燃え尽きる清瑠殿を見るなんて、無理だ。あの中に邵武がいるかと思うと、何もしないなんて耐えられない。

もしかすると、火事で倒れた柱に足を挟んで動けず、助けを呼んでいるかもしれない。

「それに邵武があそこにいるとは限らないだろう」

「そうです。それに陛下の側には兄がいます。琳麗さま、大丈夫ですよ」

本気だとわかり、歌梨も説得に回る。

けれど、琳麗は首を横に振った。

「邵武が危険なのに、安全なところで見ているなんて私にはできない！　ごめんなさい。ここはお願いします」

自分でも無茶だと、馬鹿だと思う。

けれど、邵武を失ったらと思うと、耐えられなかった。

たとえ、その結果、自分が死んでもかまわない。助けに行きたい。

行かなければ、きっと一生後悔する。

あの続きを言わなくてはならない。

「…………」

琳麗は、化粧箱のところに戻ると、最後の仕上げに掛かった。

（さあ、いざ……！）

石榴石の紅を細い筆で一気に唇へ置く。

上唇は細く、下唇はややふっくらと塗った。

銅鏡にはいつもの強い琳麗が映っている。

琳麗は睨み返すように視線を送り、鏡に映る自分と対峙した。

これで後宮一番の悪女の完成だ。

思う存分に戦うことができる。

「持っていけ」

化粧を終えていざ向かおうと立ち上がったところ、蓉羅が何かを差し出してくる。朱花宮に向かう際、彼女に渡した、あの剣だった。

「どうした？　武器ぐらいないと足手まといだぞ」

「ありがとうございます。このご恩は必ずお返しします」

「無用だ。そなたはよう尽くしてくれている」

琳麗は頭を下げると、差し出された剣を受け取って走り出す。

「あぁ、行ってしまわれました」

「まったく羨ましいものよ、あの二人は」

「ですね」

琳麗は二人に見送られながら、朱花宮を出た。

※　※　※

琳麗達と宴で分かれた邵武は、麟遊を連れて後宮内を進んでいた。

目指すのはひとまず清瑠殿だ。

反逆者が狙うのはまず邵武の首だろうが、同時に城を制圧しようと動いているかもしれない。まずは清瑠殿で情報を集め、城の兵と合流するのが最優先だった。

「左右から来る！　左に五人、右に三人」

「左は麟遊、右は玉樹が相手せよ」

一緒に戦ったのは初めてだったのだが、麟遊の武はずば抜けていた。

槍の腕前もそうだが、殺気で相手が襲ってくるのを事前に察知し、気配でどのぐらいの敵がいるのかがわかる。

戦場で功を上げるうちに身についたのだろう。

敵に回せば恐ろしく、味方なら頼もしいことこの上ない。

麟遊、それに宦官の玉樹も腕が立つので、少数の護衛でも難なく襲ってきた逆賊を返り討ちにしていく。

いざとなれば、邵武も剣の腕は相当なので賊になど後れは取らない。

（しかし、まさか先手を取られるとは）

反乱は事前に察知し、上手く誘導していたはずだった。

大きな宴を開くことで皇帝が油断していると思わせる。さらに、武名を轟かせる麟遊を潜入させて反逆者の旗頭にさせた。

皇帝に不満を抱く家を集結させ、いざ反逆の狼煙を上げようとしたところで一網打尽にするつもりで邵武は策を立てていたのだが……上手くいかなかった。

一部の家が先走って事を起こし、それに他の家も遅れまいと同調してしまったのだ。

おそらく主導権争いをしたかったのだろう。

躍らされているとも知らずに、馬鹿なことだ。

（いや、馬鹿は俺だ。大きな結果を求めるあまり、琳麗を危険に晒してしまった）

嫌な予感はしていた。

歌梨の贈り物にまぎれていた琳麗を殺そうとした鉱石、あれがきっかけだ。その報告を聞いた時、胸がつぶれるかと思った。

だから、下賜の宴にも琳麗が出席するように仕向けた。

もし彼女が宴を欠席し、一人でいるところを密かに殺されたらという嫌な想像がまとわりついて離れなかったからだ。

結果的に予感は正しかった。

相手を油断させるつもりで開いた宴が襲撃された。

琳麗の愛する後宮を危険に晒してしまった。

「仕方ないことだ。人は常に最善手を打ってくるわけではない。馬鹿なやつほど時に無意味と思える手を打つ。ただ、それを大抵は悪あがきと呼ぶ」

珍しく麟遊が慰めてくる。

（そうだ、こちらが有利だ）

こちらの準備はすでに万全であるし、反乱の足並は揃っていない。

いつでも鎮圧の兵は動かせるようにしている。反乱に荷担しようとした家の証拠も摑んであった。

あとは事を収めるだけだ。

「早く清瑠殿にいって、鎮圧の指揮を取るぞ」

「畏まりました、陛下」

友人から皇帝の臣下である武官に戻って、麟遊が返事をする。

まったくもって食えないやつだ。

「それより気になっていることがある」

「何だ？　言え」

邵武は深刻な表情で尋ねた。

麟遊ほどの武官が気にすることとなると、放ってはおけない。

「なぜ川にいった時、琳麗を口説かなかった？」

「……はっ？」

思わず麟遊の問いに、邵武は思わず情けない声を出してしまう。

すぐに気を取り直した。

「色恋に疎い俺でも分かる。あの時の琳麗はたしかにお前に傾いていた。あそこで押しておけば、皇后になることも承諾したかもしれなかったぞ」

初めは戦いの緊張をほぐすために、茶化しているのではないかと思った。けれど、麟遊の表情は至って真面目だ。

悩んだが、同じ女性に惚(ほ)れた者同士だ。正直に話してやることにする。

「確かにいい雰囲気ではあった」

「だったらなぜ――」

理解できなかったのだろう。麟遊が問い詰めようとするが、先手を取って遮る。

「琳麗を思ってのことだ。彼女をこれ以上危険な目に遭わせたくなかった」

邵武が考えた末の結論だった。

「俺の周りにいれば、常に危険と隣り合わせだ。心地よくした籠の中に留(とど)めることも考えたが、あれは、外に出てこそ生き生きとする」

思えば思うほど、欲すれば欲するほどに、彼女が自分の近くにいるべきではないという、正反対の考えが生まれた。

皇帝である自分の近くにいることは、彼女の幸せにはならないのではないかと。

彼女のことを思うなら、自由にしてやるべきだ。

「それは彼女を諦めたと思ってよいのだな?」

「好きにとってかまわない」

正確には諦めたわけではない。

彼女への思いは募るばかりだ。

抱きしめ、口付けをし、自分だけのものにしたい。

けれど、彼女には幸せになって欲しい。それがたとえ、自分の側でなくとも。

自分は皇帝になるべく生まれ、皇帝として生きている。

それ以外の生き方はできないし、琳麗にそれを押しつけるつもりもない。

「なら、俺が奪ってもいいんだな?」

「…………」

答えなかった。答えられなかった。

それは琳麗が決めることで、邵武が何か言うことではない。

「……宴(うたげ)での琳麗も充分生き生きしていたと思うがな」

最後にぼそりと麟遊がこぼす。

「…………」

たしかに、宴だけではなく、後宮にいた琳麗は輝いていた。

時に不満そうな顔で、時に笑みを浮かべ、楽しそうに、精一杯生きている。

生の強さとでも言うべきだろうか。

そこに邵武だけでなく、皆が惹かれていったのだ。

(彼女が今、幸せでないと誰が決めた?)

不意に気づく。

彼女が市井にいないと幸せでないと決めつけたのは、邵武だ。

新たな決意を抱いた時、前方から突然、爆発音がする。

(琳麗、お前は俺と――)

清瑠殿が燃えていた。

「やられたな。他へ陣を敷いた方が良さそうだ」

麟遊の言葉に頷こうとして、邵武はハッとした。

「駄目だ。清瑠殿へ行く」

「何を言ってる?　あそこには敵がわんさかいるだろうし、焼けてしまったら本陣の意味をなさないだろう」

麟遊の言っていることが正しいのはわかっている。

けれど、邵武は清瑠殿に行かなくてはならない。
行かなければ、一生後悔する。
「お前はついてこなくてもいい」
(琳麗が燃えている清瑠殿を見る)
それは直感に近い。
琳麗はこの光景を見て、清瑠殿へ向かっている。
自分が反対の立場でもそうしただろう。だからわかる。
そして、もし自分よりも先に着いたら、琳麗の身が危険だ。
邵武は気づけば清瑠殿に向かって走り出していた。
「そういうわけにはいかないだろう」
麟遊は文句を言いながらも、後ろからついてくる。
邵武達は生まれて初めて力の限り足を動かした。

※　※　※

一方、琳麗は絶体絶命の窮地に陥っていた。

「悪女がこっちに逃げたぞー！」

声が迫ってくる。

どこへ自分が向かっているのかわからないが、とにかく清瑠殿の廊下を走り続ける。

（もっと冷静に状況を確認してからにすれば……）

嘆いたところで今更遅い。

朱花宮を出て清瑠殿に向かう途中、何度か反逆者らしき一団が行く手を阻むも、琳麗は隠れて何とか通り抜ける。

清瑠殿にたどり着いて、入り口の見張りを倒し、中に入ったまではよかった。

けれど、その後すぐに周囲を警戒していた者に見つかり、追われてしまう。

角を十回曲がったぐらいまでは正確に記憶していたのだけれど、その後はもう憶えられない。清瑠殿は侵入者を惑わすために複雑な構造になっているため、琳麗は迷子になってしまった。

しかも敵と炎が、今も琳麗へと迫り続けている。

「はぁ、はぁ……はぁ……熱い……」

琳麗はたどり着いた房間に飛び込むと、戸を閉め、息をついた。

(ひどいありさま)

自らの姿に琳麗は失望した。

何度か戦ったので、襦裙は所々斬られ、ぼろぼろになっている。朱花宮を出る前に直したばかりだったのに、熱と汗で化粧も崩れてしまった。

そんなにまでなって、危険な清瑠殿に飛び込んだというのに、捜し人はいない。

敵が琳麗を必死に追っている様子からするに、邵武は清瑠殿にいなかったのだろう。

まったくもって、蓉羅達の言い分が正しく、自分が馬鹿だった。

「助けは呼べない。逃げ道もわからない。けれど、敵は追ってくる。ここも火事でいつ崩れるかわからない」

市井にいる頃、何度も誘拐された琳麗の人生でも、ここまで悪い状況はなかった。

せめて最後にたどり着いたこの房間が、邵武が執務をする場所であれば、城までの抜け道を使って何とか脱出できたのだけれど、そう上手くいくわけがない。

ここは、おそらく使っていない房間だ。

がらんとしていて、荷物も飾りもなにもない。

「この辺りに逃げたはずだぞ！　捜して捕縛しろ！　使い道があるかもしれん！」

頼んでもいないのに、賊の大きな声が聞こえてくる。

このままだと琳麗は敵に捕まり、邵武との取引に使われるかもしれない。

彼の足手まといには絶対になりたくない。

「だったら、いっそのこと」

琳麗は床に膝を突くと、手にしていた剣の刃を自らの首筋に押しつけた。

燃えさかる清瑠殿、敵に捕まることを拒み、自らの手で終わらせる。

これほど悪女らしい死に場所があるだろうか。

（邵武……私は……貴方に……）

「……っ!?」

覚悟を決め、手に力を込めて剣を引こうとした時、ふと声が聞こえた。

遠くから自分の名前を呼ぶ声だ。

幻想かもしれない。けれど、それが琳麗を再度奮い立たせた。

「自ら死を選ぶことが私らしい？　そんなことない！」

琳麗は思い出した。

化粧を知ってから、無駄だ、駄目だと、諦めたことなど一度もなかった。

いつも足掻（あが）いて、足掻いて、何とかしてきたではないか。

剣を自らに向ける力が残っているなら、相手に向けるべきだ。

最後の最後まで生きるために知恵を使うべきだ。

琳麗は再び立ち上がり、戸に向かって剣を水平に構えた。

目を閉じ、外の足音に集中する。

「残るはこの房間か？　中に隠れているかもしれん、気を——」

「やぁぁっ！」

足音がすぐ近くまで聞こえたところで、戸ごと一気に貫く。

「ぐっ、はっ」

手応えがあり、戸の外で人が倒れる音が聞こえてくる。

致命傷とはいかないかもしれないけれど、一人を無力化できただろう。

「ここだ！　ここにいるぞ！」

不意打ちされた後ろにいただろう賊が声を上げる。

このままだと敵が集まってきてしまう。

「こうなったら……」

琳麗は自ら戸を開けて、廊下に躍り出た。

房間で囲まれてしまったら、為す術がない。

だったら、一人ずつしか来られない狭い廊下で戦った方がいい。

「出てきたぞ！　例の悪女だ！」

「私には琳麗という名前があります！」

もう隠れることに意味がないので、大声で名乗る。

「……！」

すると、また遠くから自分の名を呼ぶ声が聞こえた気がした。

先ほどよりは近くなっている。

「さあ妃嬪に剣で負ける不名誉を受けたい者は誰かしら？」

精一杯の虚勢を張って、相手を威嚇する。

一瞬怯んだけれど、すぐに賊の一人が琳麗に斬りかかってきた。

一歩下がってそれを避けると、相手の手目掛けて剣を振る。

「ぐっ！」

床へと賊の剣が落ち、手から血がしたたり落ちた。

何も息の根を止める必要はない。相手の戦意さえ奪えば、狭い廊下では逆に邪魔な障害物となり、琳麗の助けになる。

「怯むな、行け！　さっさと捕まえろ！　お前らも焼け死にたいのか？」

運悪く、騒ぎで上役らしき者が合流してしまった。

命令された手下が倒れる味方を乗り越え、襲いかかってくる。

「くっ……」

苦悩の表情を浮かべて、琳麗は必死に剣を振るった。

疲れているし、手の汗で剣の柄が滑り、思い通りにならない。

じわじわと追い詰められ、気づけば、元の房間にまで押し戻されていた。

(これ以上下がったら、囲まれる)

必死に踏み止まり、剣を振る。

けれど、限界が近づこうとしていたその時――――。

「琳麗！」

今度は、はっきりと声が聞こえる。

「ここにいます！」

「後ろから⁉」

答えると、代わりのように賊達の焦る声が聞こえてきた。

すぐに「ぐはっ」「ぎゃぁっ！」と絶命の声が響き、廊下に集まっていた賊達が次々倒されていくのがわかる。

「皇帝の精鋭か？　まずい。早くこの女を何とかするんだ！」

挟まれている状況をどうにかしようと、賊が死にものぐるいで琳麗に剣を振るってくる。

「あっ……」

必死に抵抗したけれど、ついに琳麗はつばぜり合いに負けてしまった。

押され、床へと尻餅をつく。

慌てて立ち上がろうとしたけれど、すぐに首元に剣が押し当てられた。房間へと残りの賊が一斉になだれ込んでくる。

そして、それを追っていた者も――。

（邵武！）

その顔を見た途端に、叫びたくなるのを必死に堪(こら)えた。

「琳麗！　くっ……」

状況を見て、邵武が苦悩の表情を浮かべる。

「これはこれは皇帝陛下、自ら助けに来るとは、この者が大層大事のようですね」

琳麗に刃を突きつけている男が、いやらしい声を上げる。

邵武の顔を知っているということは、反乱を画策した家長かそれに近い者だろう。

「お前ごときが触れてよい者ではない」

「でしたら、代わりのものを賜りたいと存じます。たとえば、陛下の身とか」

「駄目です！」

「お前は黙っていろ！」

琳麗の首に刃がさらに強く押し当てられた。

このまま賊が剣を引けば、絶命するだろう。しかし、不思議と怖くはない。

「かまわん。その者は離してやれ」

邵武は手にしていた剣を賊の方へと投げ捨てた。

すぐに賊達が彼を取り囲む。

「ははは、これで我が家の時代がくる。金も権力もすべて好きなようにできる」

勝利を確信した賊が高笑いしている。

「本当にそうなるかな？」

彼が賊をふっと笑う。

「麟遊、やれ！」

「おう！」

邵武の言葉に姿が見えない麟遊がどこからか呼応する。

「なっ！」

すると、房間の壁がいきなり崩れて、麟遊が姿を現した。

賊達は驚き、すぐに動けないでいる。

その隙を琳麗は見逃さなかった。

賊の剣を持つ方の手首を掴むと、彼をひねり上げるようにして突き放す。

「このやろう」

すぐに賊は再び琳麗を捕まえようとしたけれど、剣を拾った邵武が立ちはだかった。

「へ、陛下、お許しください。これは……そうだ！　国のため、この身をもって陛下に忠言するため、起こしたことでして」

「ならば、死んでも悔いはないな？」

邵武が剣を振り上げる。

「ひいっ！」

しかし、賊の目の前で彼の剣は止まった。

寸止めされ、気絶してしまう。反乱を主導したにしては、何とも情けない者だ。

他の者達は、その間に麟遊が圧倒的な力でねじ伏せて、倒していた。

「琳麗、怪我（けが）はないか？」

「はい。小さなものはありますが、大きな傷は特に」

「よかった。お前が無事で、本当によかった」

邵武が琳麗の手を握り、額に当てた。

彼が自分を大切に思ってくれていたのが伝わってくる。

「陛下、いえ、邵武……私は……」

今、気持ちを伝えるべきだと思ったけれど、けれど、いざとなると言葉が出てこない。

するとそこで麟遊が大きな咳払（せきばら）いをする。

「よさげな雰囲気のところ悪いが、もう少しで消し炭になるぞ」

「そ、そうだった！　どうしよう？　ひっ！」

近いところで天井が崩れる轟音（ごうおん）がした。

炎がすぐそこまで近づいてきている。もう退路はないかもしれない。

「心配無用だ。ここは皇帝の住まいだぞ」

邵武はそう言うと、房間の中央部分の床板を剣で外し始めた。

そこには扉があって、開けると階段らしきものが見える。

逃げるための地下道のようだった。これなら清瑠殿がすべて燃え尽きたとしてもきっと大丈夫だ。

「琳麗、行くぞ」

「はい！」

彼の手を握り、琳麗は炎のせまる清瑠殿を脱出した。

抜け道は後宮の庭の空井戸に繋がっていた。

外に出て、新鮮な空気を思い切り吸うと、生きていると実感できる。

「ぼろぼろですね。これでは作り直さないと」

残念ながら反逆者達に踏まれ、荒れた庭を見て琳麗がもらす。

「そうか？　俺は今の姿も美しく思うが」

「何のことを言って……み、見ないでください！」

邵武が庭ではなく、自分を見ていることに気づいて恥じらう。

「どんな姿でも琳麗は綺麗だ。俺が唯一無二、愛する妃だからな」

邵武がいきなり抱き寄せてくる。

彼がこれほど直接、琳麗を愛すると言ったことがあっただろうか。

賊の掃討に戻ったのだろうか。麟遊の姿はいつの間にかいなくなっていた。

だから、そっと邵武を抱きしめ返す。

「お前は後宮一番の極上妃だ。愛している」

額に口付けされる。

(私も……貴方に愛されたい)

上を向いて、おねだりをする。

すると、すぐに唇が熱い彼のもので塞がれた。

「…………」

唇が離れると、なぜか邵武が琳麗の肩を摑み、身体を離す。

「だから、俺はお前をこの後宮という危険な鳥籠に入れておきたくはない」

「えっ？」

驚く琳麗へ、邵武はさらに驚くべきことを口にする。

「——後宮は、解散する」

彼は確かにそう宣言した。

エピローグ　唯一人となる皇后を募集中

足並が乱れていた反乱軍は、その後、難なく邵武達によって制圧された。

そして、騒ぎも落ち着き、後宮解散から三ヶ月が経った頃――――。

都蘭の街にある漂満天の勘定台に、琳麗はすとんと腰を下ろして、一息ついていた。

「ふぅ、午前の客人は一段落ね。儲けは……ふふっ」

かつて織物問屋の片隅で始めていた化粧品の販売は、今では専用の売り場を作っても足りないほどである。

よって、店の東側に新しく建てられたこの化粧品店は、琳麗のこだわりが詰まった城であった。

看板娘もとい店主として、元賢妃の肩書を損なわないように、琳麗は艶やかに着飾っている。

今日の襦裙は淡い桃色に、濃い桃色を含んだ優しい色合いをしていた。

帯は緋色でかっちりと締めていても、どこか心地よい気持ちになる色の衣は、前に山で見た、薄っすらと赤い白色を思わせる。

仕立てる際に、つい手に取っていた布地だ。

梳き下ろした髪の上部をゆるくつまんで、花飾りがついた金細工の簪を挿して、その時の気分で日替わりの化粧を合わせる。

後宮に行ってから、琳麗は自然と多くの化粧を学んでいた。

なにやら悔しい気もするが、あの場所で成長したように感じる。

これまでの人に寄り添ったり、艶やかの匙加減を変えたりするだけであった化粧の引き出しに、様々な種類の化粧が加わって、混ざりあって……。

より今の気分を自在に表せるようになった。

今は、ほんの少し桃色を強くした瞼影に、目尻の線はわずかに丸みを帯びて、華やかだけど親しみのある化粧となっている。

細かい変化に誰も気づかなくても、店に来る者を優しく迎えたいという気持ちだった。

「さて、すべては足りているかしら？」

琳麗は、勘定台からするりと下りて店内を見回った。

店の中は何度見ても誇らしい気持ちになる。

よって欠品などがあってはならない。

濃茶色をした紫檀の商品台はぴかぴかに磨かれて、そこに艶やかな黒に金の装飾が入った三段重の化粧箱がずらりと置かれた様子は、圧巻である。

一段低くした手前の商品台には、単品で販売している瞼影と頬紅と口紅が、階調を意識して色の波のように並べられていた。

うっとりとした感嘆の息が漏れるのを、これまで幾度も耳にして、琳麗の鼻は高い。

手前には直接手に取り肌にのせてもいい、お試し品がある。

横には、ひまし油を含ませた化粧落としの小さな木綿も重ねてあり、思う存分に試し塗りができる形だ。

そばには、四角い小型の銅箱に入ったひまし油で油漬けした手巾も、化粧落としの商品として、さりげなく置かれている。

安めの価格設定と銅箱の凝った意匠で、ついで買いとしてよく売れて、琳麗はほくほく顔を隠せない。

窓辺にある一角には、大きな化粧台が三台と椅子が置かれて、近くの棚には絹雲母の化粧下地や白粉、化粧水の瓶が並ぶ。

ここは琳麗の手によって化粧を試せる人気の場所であり、勇気を出した初めての客人を何度も望む美しさへと変身させている。

昔、初めて化粧品を手にした時の感動を伝えたい気持ちが形となり、誰かの胸をぱっと明るくさせることができて……。

琳麗は今とても生きがいを感じていた。

化粧台に一滴だけ水が飛んでいるのを見て、琳麗は素早く立ち上がり、手巾を手に反射的に拭く。

「あっ、と――」

他に乱れたところはないか、気を抜かずに店内を見回す。

調度品は竹織りで統一されていて、精緻な吊るし照明や大きな花器は、都蘭で流行りの職人の手による特注品だ。

実際に会って店を見てもらいながら、ああでもないこうでもないと、こだわって制作してもらった。

そんな見事な花器に、今活けられている花は大輪の天竺牡丹である。

柔らかな赤い花弁が誇らしく開き、店を訪れる客人の気分をあげるのに一役買っていた。

もちろん仕掛けを作った琳麗の気分も毎日が上々であったが、最近どうにも手が止まる瞬間がある。

「…………」

紅を噛んでしまわないように唇だけムッと結んで、苛立ちの原因を探ってみるも、思い当たることは一つしかない。

後宮が勝手に解散されたことについてだ。つまり、琳麗は邵武に放り出されたのだ。

（このままここにいろ。俺の側にいろ、とか言ってたくせに）

危険だから遠ざけるなんて意味がわからない。皇帝の周りは元からそんなもので、自分とのことに日和ったのかと、突き放された気持ちだった。

そこは「手を取り合って頑張ろう」ではないのかと、腑に落ちていない。

「別に、どうでもいいことなんですけれどね」

横に結んでいた唇を、形よく開いて歌うように妖艶に微笑む。

まばたきも二回ほど気だるげにしてみた。

もう悪女を演じなくてもいいのに、すっかり身についている口調や仕草が懐かしい。

別に寂しいわけでも、空元気でもなく、琳麗は充実しているのだ。

（私は自由の身なんだから、友達も大勢いますし）

誇らしく微笑み、琳麗は友を想った。

後宮の元妃嬪達とは、頻繁に会っている。すっかり戦友のような関係になっていた。

一番よく顔を合わせているのは、元淑妃の蝶花だ。

紀家では彼女の父の励江も巻き込んで廉価版の二段重ねの化粧箱を売っているため、情報交換と次なる新商品の意見を出し合って白熱議論が止まらない。

水墨画に目覚めた風蓮は、自らの工房を作って、曄燎国にその名を轟かしつつある。けれど、当の本人は楽しんで描いているだけで商売っ気がないのが、何とも風蓮らしい。

元徳妃の梓蘭は、気が進まないようだったけれど、家族に薦められ、縁談をすることになった。何でも相手は美丈夫で、とても優しい方らしい。

四人の中で真っ先に婚儀の話が出るのではないかと、密かに楽しみにしている。

元貴妃の歌梨は、兄の麟遊を面倒がる手紙を琳麗に送ってくるも、裏を返せば兄妹仲がよくて羨ましいと思う。

そんなわけで、後宮がなくなっても元妃嬪達とは縁が切れるどころか、自由になり、絆がより強くなった気がする。

皆で旅行に出かけたり、茶屋で買い食いしたり、お互いの家に泊まって女子会を開いたりと、とても忙しい日々を送っている。

もう、誰もが籠の中の鳥ではない。

しかし、後宮で煩わしいと感じていたことがすべてなくなり、こんなにも楽しく過ごしているのに、たまにイラッとするのだ。

「ああもう、暇なんてないのに」

琳麗は勘定台に戻って顔料表を手にした。

併せて催し候補の書付けや、意見書にも目を通す。

後宮妃御用達(ごようたし)であり、皇太后御用達の看板も持つ三段重ねの化粧箱は安泰である。

しかし、それに胡坐(あぐら)をかいてはならない。

正しい改良をしつつ品質を保ち需要に合わせることが大切だ。

そして、第二の柱ともなる新商品の開発も……他にも単品販売の売上げを伸ばしていきたい。

(お買い物金額に応じて紅の試供品をつける企画は、大人気だったわよね)

琳麗は仕事のことを考えて、意識を没頭させた。

(その使いきりの小さな紅を六色自分で選んで、陶器の小花をあしらった容(い)れ物に詰めることができる商品は、店の中が戦場になるほどの超人気だったから、時期を選ばないと)

父の左雲(さうん)と侍女の瑛雪(えいせつ)にまで手伝ってもらって客をさばいた先月の記憶が蘇(よみがえ)る。

あの時は売れたけど不眠不休がきつかった。

しかし、暇をしていたらモヤモヤが晴れない。前向きに発散させていかねばと思う。

「そうよ！　私はとっても忙しいのだから――」

空元気ぎみに琳麗は叫んだ。

独り言にしては大きすぎる気合の入れ方である。

その時に無人であったはずの店内から、応える声がした。

「店主、忙しいところすまないが、急ぎの頼みごとがある」

「えっ？」

気づかぬうちに大通りへの扉は開いていて、頭まで覆いのある外套(がいとう)をまとった男が立っていた。

その声と調子が、誰かわからないはずもない。

「へ、陛下っ!?」

パラリと外套を脱いだ男の姿は、どこから見ても邵武であった。

茶色がかった黒い瞳にじっと見つめられると、懐かしさに胸がドクドクと煩(うるさ)くなる。

邵武は外にいる玉樹(ぎょくじゅ)に外套を手渡すと、後ろ手で扉を閉めて護衛と共に締め出した。

強引なところも変わっていない。

「今さら何のご用ですか？　そこで堰(せ)き止められると営業妨害ですよ」

琳麗は腕組みをしながら、対峙(たいじ)するように邵武の前へと進み出た。

そうしながらも、普段の客人への優しさと同じ思いをもう少し出せないものかと内心では後悔する。

しかし、口が止まらない。

だって邵武のせいで、たまに思い出したように切ない気持ちになってしまうのだから。

「冷やかしはお断りです。誰かへの贈り物でしたら文をいただければ父がお持ちします」

「求めるものは一つだけだ」

琳麗のつれない言葉に、邵武はフッと微笑んでから、ゆっくりと口を開き、はっきりとした声音を店内へと響かせた。

「聞いてくれ」

彼もまた、会わなかった間に穏やかになったのかもしれない。

誠実さを含ませた声に、包み込むような温かい視線は、前にはなかったものだ。

いや、気づかなかっただけで、邵武もまた後宮と共に成長していたのだろう。

「……はい、お聞きしましょう」

琳麗は組んだ腕を下ろして、左手の指を右手の指で美しく交差して包み、隙のないように背筋を伸ばした。

気を抜いてしまえば、久しぶりだと笑いかけてしまいそうだったから。

「清瑠殿(せいりゅうでん)を再建した。やっとあそこに戻れる」

真面目さを含んだ声で邵武が語る。彼のことだから徹底的に調べたのだろう。

「それは、よかったですね」

つれない琳麗の受け答えに邵武が苦笑いをした。

「他人事（ひとごと）すぎる。相変わらずだな。それで、だ」

唐突に、邵武の片手がにゅっと差し出されるように琳麗の前へと伸びてきた。

「皇后を募集しているのだが——琳麗、ただ一人の俺の妻として来てはくれないか？」

「えっ……？　皇后って……いいえ、ええと……」

邵武は大真面目だった。

琳麗の戸惑う顔すら好ましいというように、目を細めてじーっと返事を待っている。

手は差し出されたままだ。

よく見ると、微（かす）かに邵武の指は震えて、緊張しているのがわかる。

琳麗が手を取れば、それは止まるのだろうか。きっと止まるに違いない。

なぜなら、琳麗の胸の鼓動も早く動け、素直になれと、やかましく駆り立てているのだから。

声を発する前に、自然と手が動いた。

琳麗は流れるような動作で、差し出された邵武の手に優雅に片手をのせる。

「行ってあげてもいいですよ、私などでよろしければ」

少しだけ素直になった言葉が出た。

後宮妃だったら隙がありすぎて減点の発言である。甘くなったものだ。

「そうだ、琳麗がいい！　お前しか駄目だ！」

ぐいっとそのまま手を摑まれて、引き寄せられる。

「きゃっ……」

淡い桃色の襦裙が揺れて、邵武の熱っぽい胸へドンとぶつかるように抱きしめられてしまう。

バクバクと互いの鼓動が衣越しに聞こえて、やがて宥めるように背中に回されたそれぞれの手により、穏やかになってくる。

しっかりと抱き合ったまま、邵武からの愛しいという気持ちが伝わってきた。

だから、琳麗も気持ちを込めて抱擁したのちに、苦しくなって顔をあげる。

「仕方ないですね。でもその前に、午後の売り上げ分の客寄せになってもらいますから。これで皇帝御用達です」

「お安いご用だ」

曄燎国の唯一無二となる皇后は、気丈夫である。

あとがき

こんにちは、柚原(ゆずはら)ティルです。

このたびは『後宮一番の悪女　三』を、お手に取ってくださりありがとうございます。

読者様の応援のおかげで、三巻を出すことができました。とてもありがたく思います。

物語はついに両想いです！　お化粧も恋愛もたっぷりでお送りしました。

楽しんでいただけますと嬉(うれ)しいです。

一巻、二巻、三巻と、どの巻も一巻ごとに完結で読めるつくりとなっていますが、お時間があれば、ぜひ二人の出会いと悪女になる一巻から読んでいただけますと幸いです。

琳麗(りんれい)も邵武(しょうぶ)も少しずつではありますが、成長をしながら歩み寄っています。

二人の関係も楽しんでいただけますように。

そして今回も石ネタを忍ばせてみました。

今すぐ、河原でも海でも石拾いに行きたいです。

丸くてすべすべしていたり、石英(せきえい)がちょっと入っていたりするだけで幸せです。

けれど、家にある飾り棚に空きはありません。全部宝物なのに！

話を作品に戻しまして、この場をお借りして、美しい装画を描いてくださった三廼(みつや)先生へお礼申し上げます。

一巻から贅沢(ぜいたく)に合計三枚も描いてくださって、全部お気に入りの表紙です。化粧に視線に美しい衣装と、細部まで本当にお疲れさまです。豪華絢爛(ごうかけんらん)な琳麗をありがとうございました。

この作品を、装画の吸引力で多くの読者様に届けてくださり、感謝でいっぱいです！

また、カドコミのフロースコミックでコミカライズをしてくださっている苗川采(なえかわさい)先生にも、お礼を申し上げます。

生き生きと色々な表情を見せる琳麗と艶(あで)やかな妃嬪(ひひん)達に、毎話うっとりです。邵武の皇帝の表情も、不敵な笑みも本当にカッコよくて豪華なコミカライズ、まだの読者様はぜひぜひ、読んでください！　世界にグンと引き込まれます。

そんな贅沢で幸せな、三巻まで書ける作品となれたのも、読者様のおかげです。

本当にありがとうございました。

最後に、担当編集者様、デザイナー様、校閲様、この本にかかわってくださった、すべての皆様にお礼申し上げます。

柚原テイル

お便りはこちらまで

〒一〇二―八一七七
富士見L文庫編集部　気付
柚原テイル（様）宛
三廼（様）宛

富士見L文庫

後宮一番の悪女　三

柚原テイル

2024年７月15日　初版発行

発行者　山下直久
発　行　株式会社 KADOKAWA
〒102-8177　東京都千代田区富士見2-13-3
電話　0570-002-301（ナビダイヤル）

印刷所　株式会社暁印刷
製本所　本間製本株式会社
装丁者　西村弘美

定価はカバーに表示してあります。

●お問い合わせ
https://www.kadokawa.co.jp/（「お問い合わせ」へお進みください）
※内容によっては、お答えできない場合があります。
※サポートは日本国内のみとさせていただきます。
※Japanese text only

ISBN 978-4-04-075488-8 C0193

意地悪な母と姉に売られた私。何故か若頭に溺愛されてます

著／美月りん　イラスト／篁ふみ　キャラクター原案／すずまる

これは家族に売られた私が、
ヤクザの若頭に溺愛されて幸せになるまでの物語

母と姉に虐げられて育った菫は、ある日姉の借金返済の代わりにヤクザに売られてしまう。失意の底に沈む菫に、けれど若頭の桐也は親切に接してくれた。その日から、菫の生活は大きく様変わりしていく――。

【シリーズ既刊】1〜4巻

富士見L文庫